T0272281

El impulso

GRANTRAVESÍA

Won-Pyung Sohn

El impulso

Traducción de Joo Hasun

GRANTRAVESÍA

Este libro es publicado con el apoyo de Literature Translation Institute of Korea (LTI Korea).

EL IMPULSO

Título original: *Tube* (튜브)

© 2022, Won-pyung Sohn

Traducción: Joo Hasun

Publicado según acuerdo con Changbi Publishers, Inc.
c/o KCC (Korea Copyright Center Inc.), Seoul
y Chiara Tognetti Rights Agency, Milan.

Imagen de portada: @jung_hwa100, "Be brave I", 2021
Diseño de portada: Park Jeong-min

D.R. © 2024, Editorial Océano de México, S.A. de C.V.
Guillermo Barroso 17-5, Col. Industrial Las Armas
Tlalnepantla de Baz, 54080, Estado de México
www.oceano.mx
www.grantravesia.com

Primera edición: 2024

ISBN: 978-607-557-877-4

Caída

"Diablos, qué fría está", piensa. "El agua está insoportablemente fría y sabe asquerosa; es increíble que tanta gente se tire a este río", razona Andrés Kim Seong-gon olvidando que es uno de ellos. Es una sensación demasiado realista para alguien que está a un paso de la muerte. Pero enseguida recapacita. No es una sensación que parezca real, sino una realidad que está viviendo. Lo más real de todo son la frialdad y la asquerosidad.

Andrés Kim Seong-gon se acuerda de cuando decidió suicidarse en este mismo río dos años antes, mientras escupe en un reflejo el agua que le invade los pulmones. Si aquel día hubiera llevado a la práctica su decisión, se habría ahorrado muchos esfuerzos. No habría tenido que soportar los últimos años de trabajo desesperado, que al final resultaron en nada. No puede quitarse de la cabeza ese pensamiento, aun tragando agua y pataleando para no ahogarse. Le parece hasta gracioso que esté luchando tanto por mantenerse a flote cuando está a punto de morir. ¿Por qué el cuerpo intenta sobrevivir, si en su mente ya había decidido suicidarse? Es como si en el fondo no quisiera hacerlo. Pero estas reflexiones son fugaces y no tardan en desvanecerse. Sólo queda la sensación de muerte. Dolorosa y terrible.

"Por favor." Andrés Kim Seong-gon pronunciaría estas dos palabras si pudiera con el aliento que le queda. "Por favor." O, mejor dicho, "¡Maldita sea!". Desea que esta experiencia termine lo antes posible.

Por supuesto, en esta historia Kim Seong-gon no muere, porque seguramente lo que ustedes desean no son historias que tengan como desenlace la muerte. Pero, si no les agrada esta conclusión, pueden darlo por muerto. Da igual. Porque este hombre llevó una vida mediocre hasta desaparecer sin que nadie se enterara.

En realidad, es muy fácil estropear algo. Tan fácil como disolver una gota de tinta en el agua. Lo difícil es mejorar algo. Rescatar una vida ya averiada es tan grandioso y duro como cambiar el mundo entero.

Ésta es la historia de Andrés Kim Seong-gon, de cómo trata de mejorar algo. Si les aburre su esfuerzo y su lucha, pueden concluir que fracasó de la manera que se les antoje. Al fin y al cabo, en este mundo existen muchas historias de este tipo.

PRIMERA PARTE

De vuelta a lo básico

1

Hace exactamente dos años y cinco días, Andrés Kim Seong-gon estaba en el mismo lugar donde está ahora. Sobre el río que atraviesa Seúl, de pie en un puente conocido como "el puente de los suicidas". Mientras pisaba una caja de manzanas vacía abandonada por el equipo de rodaje de una película que hasta hacía poco había estado filmando sobre el puente, asomó la cabeza por una de las estrechas aberturas de la barrera contra los suicidios y miró hacia abajo. El agua era negra y ondeaba con frialdad, aunque durante algunos instantes brillaba reflejando la luz del alumbrado público.

La vida era como esa agua. Había momentos resplandecientes. Pero eran raros, ya que la vida, por lo general, era como un gran agujero oscuro y frío cuya profundidad resultaba imposible medir. Por eso el río le pareció el lugar perfecto para poner punto final a su existencia.

La vida de Kim Seong-gon era un desastre. Si la vida que le había tocado vivir fuera una tela de color blanco, durante casi cinco décadas él la había arruinado por completo. Hizo intentos incoherentes imitando a otros, y cosió la tela aquí y allá con torpeza para tapar las partes cruelmente rasgadas y demás defectos. Pero su vida (rota, cortada, arrancada y con agujeros) no se podía comparar con un cuadro ni con un pedazo de tela, era una porquería ante la cual la gente exclamaba automáticamente "¡pero qué es esto!" o "¡deshazte de ella de una vez!".

Por mucho que lo intentara, no podía borrar las manchas ni alisar las partes arrugadas. Era imposible reparar algo inservible y, si no había esperanza de mejorar, era preferible renunciar. Pensaba así de su vida, obviamente, porque valoraba acabar con su propia existencia. Era mejor abandonar si nada podía cambiar. Ése era el dictamen final más apropiado para él.

Aun así, no podía evitar sentir pena. ¿En qué punto se había torcido todo? Debió de tener un comienzo normal, como todos... Al pensar en cómo comenzó su existencia, se acordó de su madre y eso lo afligió. Ella fue el perfecto símbolo de confianza y tolerancia para él. Sin embargo, durante varios años antes de su muerte lo único que vio en su rostro fueron sombras. Y mientras andaba haciendo tonterías sin intención que disgustaban a su madre, lejos de ella para no ser testigo de su tristeza, falleció y él quedó huérfano a los cuarenta y siete años.

Kim Seong-gon contuvo las lágrimas y respiró hondo. Ésa era la realidad. Su madre ya no estaba a su lado. En ese momento le entró el impulso de mirar a los ojos de las personas que lo amaban. Su hija Ah-young, por ejemplo. Pero no deseaba sentir el desprecio con el que lo había mirado hasta hacía poco. Lo que echaba de menos ahora que iba a morir era la cara sonriente de cuando era una niña. Entonces sacó su teléfono celular para ver las fotos de la infancia de su hija ahí guardadas. Pero apretó por error la aplicación de información de la Bolsa, que inmediatamente expuso en la pantalla una gráfica de inversiones cayendo en picada.

Rin, rin, rin. El teléfono empezó a sonar con un timbre estridente y desagradable. La pantalla mostraba el nombre de su mujer, Ran-hee. Contestó después de vacilar unos segundos, anhelando que esa llamada fuera su salvación. Con una pizca de esperanza, deseaba escuchar una disculpa o palabras de aliento, como "vamos a intentarlo de nuevo", "por favor, vuelve" o "podremos superar los problemas". Pero, al contrario, lo que se le clavó en el oído fue un bombardeo de reproches y palabras hirientes.

El ataque, que comenzó con "qué demonios", se intensificó hasta neutralizar su tímpano a medida que su mujer le recriminaba que hubiera hecho esperar a su hija de noche durante varias horas. "¡Mierda!", se dijo para sus adentros. Había olvidado la obligación de padre que aún debía cumplir tras separarse de su esposa: ver a su hija dos veces al mes. Su mujer le recordó que unos años atrás había pasado algo similar, cuando su hija, sola, después de dar vueltas en el metro durante horas, fue a la comisaría de policía a buscar ayuda, echándole en cara que había sido siempre un mal padre. Excusas sí tenía. No le quedaba ni la energía mínima para seguir viviendo, estaba decidido a suicidarse y, en efecto, se hallaba en el puente del río para esperar la muerte.

Pero su mujer no tenía ningún interés por su situación y seguía maldiciéndolo como Satanás venido de los infiernos.

—Nunca cambiarás. Tú has provocado tu propia desdicha. Eres el culpable de todo. ¡Jamás podrás cambiar! ¡Muérete así, como eres! ¡Y ojalá te pudras en la tumba!

En su voz, hiriente como un cuchillo, se percibían no sólo los reproches hacia su marido, sino también su desesperado resentimiento hacia la vida. Sin poder aguantar más el rencor de sus palabras y tanto odio, Kim Seong-gon cortó la llamada y apagó el teléfono, como solía hacer casi siempre cuando su mujer lo llamaba. Sintió que el corazón le latía más rápido.

Ran-hee no fue siempre así. En una escala de ira del uno al diez, era de esas personas que no superaban el nivel tres de enojo aunque recibieran estímulos excesivos. Pero, desde hacía cierto tiempo, su grado de ira había aumentado hasta cien sólo hacia su marido. Seong-gon no sabía si él le había dado motivos o si ella había cambiado, aunque a esas alturas de nada servía pensar en ello.

Envuelto por un viento que de repente se volvió violento y empezaba a rugir, las maldiciones de su mujer resonaban en su oído: "¡Nunca cambiarás! ¡Muérete así, como eres!".

Tenía razón. Era, como decía su mujer, un tipo incapaz de cambiar; por eso estaba decidido a morir. En realidad, su mujer siempre tenía la razón. Pero Kim Seong-gon jamás lo admitió frente a ella. Tampoco se disculpó nunca de nada ni dijo un "lo siento" o un "me equivoqué". No lo hizo no porque no pudiera, sino porque, cuando tenía que expresar algo así, prefería callarse. En lugar de reconocer sus errores, reprendía a su mujer inventándose alguna explicación lógica sobre sus acciones, pese a ser consciente de que el equivocado era él. En vez de buscar la reconciliación, discutía con ella y elegía los reproches y la reprobación en lugar del papel del marido que sabe que muchas veces perder es ganar. Pero ¿qué habría cambiado si hubiera dicho con voz suave a su mujer que ella tenía razón?

La avalancha de pensamientos le aceleró el pulso. ¿Acaso sería su último signo de vida antes de morir? Todo el cuerpo le tembló cuando lágrimas desbordadas empezaron a caerle por las mejillas al compás de una risa desganada. Tembló, porque el viento se había vuelto más frío, mientras pensaba en su madre, en su hija y en su mujer.

Kim Seong-gon se acordó de aquellas personas con camisetas de manga corta y bermudas a las que había visto por la tarde. Igual que esas personas eligieron vestirse de esa manera, él estaba ahí porque el pronóstico del tiempo había vaticinado que, por anomalías climáticas, la temperatura superaría los veinte grados centígrados durante esa noche de invierno. Pero la previsión falló, porque el termómetro marcaba dos grados, y era obvio que dentro del agua aún haría más frío. ¡Maldita agencia meteorológica! El cuerpo le temblaba más fuerte que antes y su mente se congelaba ante los cortantes vientos. Lo extraño era la sensación térmica tan baja que percibía a esa temperatura, pues recordaba haber experimentado días con trece grados bajo cero y lo poco que le habían afectado tales condiciones climáticas. Pero lo importante no era la temperatura absoluta, sino la relativa: la diferencia de temperatura respecto al día anterior y la sensación térmica. Dicho esto, la temperatura percibida en ese momento era la más baja, ya fuera corporal o emocionalmente. Sin darse cuenta, Kim Seong-gon metió las manos en los bolsillos. Sintió como si sus dedos, paralizados por el frío, se relajaran gracias al calor mínimo que había ahí dentro. Suspiró. Su decisión de morir era firme. De eso no cabía la menor duda. Sin embargo, allí donde estaba, Kim Seong-gon tomó una determinación crucial o muy tonta al optar por cambiar la forma de morir.

Más tarde, es decir, dos años después de aquella decisión, Kim Seong-gon, de pie de nuevo ante el mismo río, vacilaría entre considerar lo ocurrido como cosa del destino o como un error hasta concluir que, en efecto, se había equivocado. Que,

15

de no haber sido por la resolución de postergar su muerte, habría podido ahorrarse dos años de esfuerzos fútiles.

En fin, lo que lo motivó a apartarse de la barandilla del puente aquel día no fueron ni unas cálidas palabras de aliento ni el consuelo de terceros, sino los vientos helados que, si bien para muchos eran la causa de una gripe repentina, a Kim Seong-gon le sirvieron como el escudo protector de su vida.

2

Kim Seong-gon se abotonó el abrigo hasta el cuello y empezó a caminar. Con cada paso que daba, esquivaba el frío a su alrededor. Mientras se alejaba del río, sentía menos viento y el aire gélido ya no le parecía amenazante. Pero no por eso volvió al puente.

Algo no le convencía. Entonces, concluyó que no estaba destinado a tirarse al río esa noche. Además, el agua estaría demasiado fría.

Sin quitarse de la cabeza la idea de suicidarse, Andrés Kim Seong-gon siguió caminando inmerso en la desesperación. Doblaba cada esquina sin pensarlo y cruzaba la calle cada vez que aparecía un cruce peatonal, con la mente en otro mundo.

Así continuó durante una hora y, cuando se dio cuenta, estaba en la boca de una estación del metro de Seúl. Dentro, pasó al lado de varias camas de cartón construidas por las personas indigentes que ocupaban el espacio como si fuera un refugio. En un rincón algunos de ellos estaban conversando. Cuando lo vieron entrar, lo escanearon de arriba abajo de forma sucesiva unos ojos sin alma, otros penetrantes y algunos entrecerrados. Andrés Kim Seong-gon vio la botella azul de soju* colocada como agua divina en el centro del círculo que formaban y se dirigió directamente a la otra estación: la ferroviaria, parada principal del tren de alta velocidad KTX. Ahí percibió una sensación de frío diferente. Si el frío exterior era simplemente fuerte y el frío dentro de la estación del metro estaba suavizado por el calor corporal de los transeúntes y los indigentes, el que dominaba la estación de KTX era totalmente distinto. De noche, después de detenerse el paso de los viajeros, ese espacio innecesariamente inmenso revelaba su rostro solitario. El ambiente era denso y frígido con un cúmulo de aire desolado, desorientado.

Kim Seong-gon, después de caminar a paso lento por ese espacio, se detuvo frente al televisor en el centro de la estación. Estaba a todo volumen. "¿Tan fuerte ponían el televisor aquí?", se preguntó. Toda su vida había visto fotos o videos de gente frente al televisor de la estación de Seúl en fiestas o en época de elecciones, pero algo le extrañaba. En las imágenes que tenía en la mente, el televisor sólo era un objeto para mostrar la multitud que pasaba por la estación o la dirección a la que miraban en la sala de espera. Y siempre estaba en silencio, o parecía estarlo, amortiguado por el ruido de la gente o la voz del periodista que hacía el reportaje sobre los desplazamientos de los ciudadanos durante las festividades. Pero el televisor que veía en ese instante emitía sonidos demasiado fuertes y marcaba su presencia más que ningún otro objeto que había en la estación. Hipnotizado por el aparato, Kim Seong-gon se sentó en una de las largas bancas colocadas enfrente. Al agacharse para tomar asiento, sintió que todas

* Bebida destilada originaria de Corea. Es una bebida alcohólica popular, la más barata del país. (*N. de la T.*)

las articulaciones de su cuerpo, tenso por el frío, le crujían. Entonces vio a un hombre indigente, sentado en otra de las bancas. También sostenía una botella de soju. Tenía la mirada fija en la pantalla del televisor y cada tanto bebía de la botella.

Sobre unas imágenes de cohetes, naves espaciales y satélites, la pantalla mostró una frase publicitaria: "¿Qué espera usted en esta era espacial?". Inmediatamente, apareció el director general de una empresa extranjera al que había visto en los noticiarios en numerosas ocasiones. Era un empresario sueco-estadounidense de nombre Glenn Gould, que se hizo famoso primero por ser tocayo de un célebre pianista (Glenn Gould) y luego por fundar Nonet, una compañía cuyo nombre representaba la aspiración a iniciar un noneto con los ocho planetas del sistema solar, más el resto del universo, que su fundador se proponía explorar. Proyectos tan extravagantes e inimaginables como el nombre de la compañía eran impulsados por Glenn Gould y, pese a su raro sentido de los negocios, el empresario disfrutaba de gran éxito en diferentes áreas, incluso con poder suficiente como para influir en la Bolsa con un simple comentario hecho en tono de broma.

En la televisión emitían un documental sobre Glenn Gould, el empresario. Desde sus osados proyectos hasta los repetidos fracasos que sufrió y los éxitos que protagonizó, que lo convirtieron en una leyenda viviente que seguía triunfando. El documental narraba así el drama de su vida.

Teniendo como referencia su éxito, que a esas alturas parecía inquebrantable, sus fracasos pasados, analizados en retrospectiva, eran justificados e imprescindibles, mientras que quienes alguna vez rechazaron sus propuestas, o se burlaron de él y con ello desecharon una importante oportunidad de éxito, parecían tan insensatos como aquellos religiosos que negaron la teoría de la evolución. Glenn Gould era un hombre aventurero, un pionero que, tras llevar a cabo proyectos que todos creían imposibles de ejecutar, lo obtuvo todo.

En un programa de entrevistas, alguien del público preguntó a Glenn Gould cuál era el secreto de su éxito. Entonces, el empresario respondió cruzando las manos como siempre lo hacía. El documental mostraba vívidamente la escena, pero el doblaje daba la sensación de estar viendo una película antigua.

—La mayoría de las personas piensan que el éxito es el resultado de la combinación entre esfuerzo y buena suerte. Pero mi opinión es otra. También discrepo de quienes dicen que estamos viviendo una era de cambios. Es que el ser humano no cambia y jamás cambiará. Busca constantemente la manera de cambiar, pero al final sigue igual. No cambia. ¡Nunca! ¿Acaso entre sus experiencias recientes hay alguna de la que puedan afirmar con orgullo que marcó un cambio trascendental? No creo que haya muchas.

Así contestó Glenn Gould. Y continuó con voz más firme al ver a la persona que le había hecho la pregunta rascarse la cabeza en gesto de perplejidad.

—Pero usted no se decepcione. Pues lo que cambia son sólo las partes físicas del ser humano. Por ejemplo, la edad o el número de arrugas en su frente. ¡Ah! Y no me malinterprete. Cuando digo *usted* no me refiero a usted en particular, sino a todos nosotros.

El empresario se expresaba con soltura, pero también con algo de insolencia. Lo que decía no era nada nuevo y tenía una forma de hablar que menospreciaba con disimulo a otros, dando a entender que ellos permanecerían donde estaban porque no se esforzaban verdaderamente mientras daba falsas esperanzas a las personas y las hacía parecer incompetentes. Además, sólo hablaba de resultados y mostraba una actitud desinteresada que incomodaba, típica de quienes ya gozaban del éxito. Ofrecía así un consuelo tan dulce como el caramelo e incitaba a otros a abrigar sueños, pese a estar convencido de que eran irrealizables. Ante ese hombre en la pantalla, Andrés Kim Seong-gon sonrió sarcásticamente.

En algún momento de su vida, Kim Seong-gon llegó a creer en mensajes de ese tipo. Es más, durante una época todas sus lecturas eran de superación personal y de análisis de tendencias, y le daba clic a cualquier video de motivación y se suscribía a los canales que subían tales contenidos. Como si tomara vitaminas o como si se inyectara suero regularmente para elevar su nivel de energía, necesitaba algo que pudiera servirle de motivación y, cuando lo encontraba, se sentía fuerte, capaz de mejorar su vida, aunque fuera durante un breve periodo. En un momento dado, hubiera podido citar de memoria todos los consejos recibidos porque tenían el mismo patrón. Repetían que uno debía concretar el anhelo de alcanzar sus sueños y actuar como si ya los hubiera logrado. Los consejos parecían funcionar en cierta medida, pero al final el resultado era siempre decepcionante.

—Estafador.

Kim Seong-gon murmuró y, como si respondiera a su murmullo, Glenn Gould comentó desde el televisor:

—Algunos dirán que soy un estafador, como usted que está ahí.

Enseguida el hombre miró de frente a la cámara, o sea, directamente a Kim Seong-gon. Se le erizó la piel.

¿Cómo era posible que hasta usara la misma palabra que él había dicho? Pero, tratando de calmarse, pensó que no era más que una casualidad, que lo que escuchaba era meramente el guion de un doblaje. Aun así, prestó atención a Glenn Gould. Y cuando empezaba a sentir curiosidad por lo que podría decir ese excéntrico, el empresario hizo un comentario en la televisión como si leyera sus pensamientos.

—Ahora, usted debe de estar pensando: hablar de cambio es fácil, pero ¿desde dónde debo empezar a cambiar? Bueno, lo siento. Yo no puedo responderle a esa pregunta. Usted mismo tiene que encontrar la respuesta. ¿Acaso imaginó que podría mejorar su vida sin hacer siquiera una reflexión tan simple? —dijo Glenn Gould lleno de cinismo, como si se burlara de Kim Seong-gon, que seguía a la espera de sus siguientes palabras.

Impaciente, tragó saliva sin darse cuenta.

—Y lo más importante… —continuó Glenn Gould tras aclararse la garganta, con el dedo índice apuntando a la cámara—: debe actuar. Tiene que hacer algo. ¿Hasta cuándo? Hasta que el cambio llegue a su vida. El mundo no cambiará. Ni lo sueñe. Mucho menos podrá usted cambiar el mundo. Si hay alguien que le dice que sí podrá, le está mintiendo. Sólo le puedo decir una cosa: lo que sí puede cambiar es a usted mismo. De la cabeza a los pies. Hasta que todo en usted se renueve.

Como un mago principiante, el hombre chasqueó sus dedos con una sonrisa. Entonces, la pantalla se llenó de rayas para, segundos después, mostrar un reportaje del noticiario de la noche sobre una repentina ola de frío.

Kim Seong-gon, que estaba petrificado con la mirada perdida, volvió en sí y escupió una risa sarcástica por una de las comisuras de los labios como aire escapándose de un globo. "¿Que intente cambiar hasta renovar todo de mí?, ¿como si realizara rituales para llamar a la lluvia bajo un cielo seco?", se preguntó. Pero, de repente, Seong-gon detuvo el resoplido al imaginar que quizá su vida sí habría cambiado de haber conocido en persona a ese tal Glenn Gould, que tal vez habría podido conseguir inversión para su negocio. Sin embargo, enseguida recapacitó y se dijo que, si lo hubiera conocido tal y como se hallaba en ese momento, no hubiera podido sacar nada de él.

El desharrapado sentado enfrente del televisor alzó su botella de soju y bebió de ella. Acostumbrado a brindar en solitario, se le movía la nuez de Adán dejando fluir el líquido suavemente por la garganta hasta el estómago. Cómo podría explicarlo… Actuaba con una soltura y naturalidad propias de una persona que llevaba esa vida desde hacía mucho tiempo. No era ni desesperación ni abatimiento lo que percibía en él, sino una estabilidad inquebrantable. Parecía que beber en el mismo lugar todas las noches recibiendo la luz que emitía el televisor era una acción imprescindible en su día a día. Un hábito inveterado. Como santiguarse al final de cada oración.

Un pensamiento insólito asaltó a Kim Seong-gon. Acordándose de los indigentes que había visto en la estación del metro, miró de reojo al hombre frente al televisor. En todas partes había gente llamada "sintecho" ocupando firme e insistentemente cualquier esquina del paisaje callejero. Más allá de las circunstancias que obligaron o motivaron a cada uno a vivir a la intemperie, todos se parecían sin importar cuándo nacieron o de qué nacionalidad eran. Aquellas personas gastaban su dinero en alcohol, al menos los hombres sin hogar que él había visto. Proviniera de quien proviniera, el dinero que llegaba a sus manos era usado generalmente para comprar alcohol de la manera tan natural con la que el bolsillo de los ludópatas se vaciaba en una mesa de juego.

Kim Seong-gon se fijó con disimulo en los dedos mugrientos del hombre que tenía enfrente. Sintió curiosidad sobre el último gran cambio en su vida. "Obviamente, la decisión de vivir en la calle", se respondió de inmediato. Pero, eso era seguro, no debió de sujetar una botella de soju con las manos sucias ni tener el pelo grasiento desde el día en que tomó esa decisión, porque lo más probable era que estuviera tal como se encontraba tras una lenta decadencia y un progresivo desgaste.

Para encubrir tan arrogante idea, Seong-gon contuvo la respiración. De ninguna manera su intención era criticarlo o despreciarlo. Sólo quería hacer un simulacro en su mente de si era posible aplicar el concepto de "cambio" al que se refería Glenn Gould teniendo como modelo a ese hombre.

Por mucho que lo intentara, las conclusiones eran siempre las mismas. La vida de aquel sintecho era demasiado estable. Aunque el día a día fuera duro y carente de esperanza, tal condición y patrón de vida eran irreversiblemente pacíficos. Como el agua llena de impurezas dentro de un gran acuario: turbia y sucia, pero quieta. ¿Acaso habría personas dispuestas a realizar el esfuerzo de remover el agua y purificarla hasta eliminar por completo las impurezas para cambiar de estado? ¿Dispuestas a pasar por tanto trabajo para convertirse en un miembro común y corriente de la sociedad? Si las hubiera, serían muy escasas, ya que tal proceso no sólo sería difícil, sino que requeriría replantearse la vida desde cero y también mucho sacrificio. En fin, hablar de cambio era imposible. Cambiar sería posible de niño, en la adolescencia, a más tardar a los veinte años. Pero el ser humano era como una función matemática constante, que muestra el mismo valor para cualquier variable, y esa verdad hastiaba a Seong-gon.

En ese preciso instante, escuchó el ruido que hacía su estómago vacío y volvió a la realidad. Lo irritó inmensamente el hecho de que lo primero que sentía tras desistir de suicidarse por el frío fuera hambre. Le vino a la cabeza la imagen de un mendigo exigiendo comida a la persona que lo salvó mientras se ahogaba. Maldijo el descaro de sus órganos. Deseaba convertirse en nada, dejar de ser cuanto antes el organismo que era, liberarse de ese cuerpo de carne y hueso que, aun con la cabeza llena de pensamientos e ideas fútiles, pedía combustible.

Entonces, súbitamente se le iluminó la mente. ¡Briquetas! ¿Por qué no se le había ocurrido antes? Una briqueta bastaría. Inhalando su gas hasta intoxicarse podría lograr su propósito cómodamente sin pasar frío, como si durmiera. O al menos eso creía.

Al salir de la estación de Seúl, Kim Seong-gon alzó la mirada y vio una pantalla gigante que brillaba como la Luna en mitad de la ciudad. Decía: "Mejore su postura. Su vida entera cambiará". Todo un cliché de publicidad de sillas.

Seong-gon dudó durante un segundo si debía enderezarse, pero prefirió no hacer caso y siguió caminando mientras su voz interior decía que un cambio tan insignificante no podría modificar nada.

3

Andrés Kim Seong-gon compró un paquete de briquetas de carbón en el supermercado y se subió al coche que estaba estacionado en el garaje de su edificio. Ese destartalado Sonata, que pensó que nunca más conduciría, lo llevó con gran eficiencia a la colina al fondo de su vecindario, conectada a una montaña más alta. Al lado había una vieja zona residencial donde casi no había transeúntes. Dentro del coche se tomó una botella entera de soju y luego se bajó para fumar. Pero, antes siquiera de sacar el encendedor, sonó la bocina del vehículo que tenía enfrente. El conductor le pedía que retrocediera, interfiriendo en su último rito antes de ejecutar su plan. El hombre bajó la ventanilla y gritó.

—¿Puede echarse un poco hacia atrás?

"Mierda", se dijo Kim Seong-gon. Tiró el cigarrillo y se subió al coche tras perder ligeramente el equilibrio al patear con toda el alma una de las llantas.

—¿Cómo es posible que no pueda ni fumar cuando tengo ganas? ¿Por qué la vida me obliga a conducir ebrio antes de morir? —gritó enojado sentado al volante. Y echó atrás el coche con violencia.

El otro conductor, con ojos de susto, pisó el acelerador y desapareció. Seong-gon se arrepintió de su comportamiento, sobre todo al ver que en aquel coche viajaba también un bebé. A esas alturas, se dio por vencido de engalanar la última escena de vida con algo de dignidad. Sólo sentía un gran fastidio porque una y otra vez se frustraba su plan de suicidarse. Deseaba más que nunca escapar de la vida. Por eso sacó el encendedor y prendió fuego a la briqueta. Con la mirada fija en la pequeña llama de color rojo, murmuró:

—Por Dios, quiero que esto termine de una vez.

4

Kim Seong-gon abrió los ojos con mucha dificultad. Un rayo blanco, tan fuerte que no le dejaba ver, cubría su cuerpo. En algún lugar elevado, se trasladaba hacia no sabía dónde. Aún estaba en el coche. Más exactamente, dentro del coche en movimiento. ¿Cómo era posible, si no estaba conduciendo? Su coche no contaba con un sistema de conducción autónoma.

El paisaje se movía con lentitud, ajeno a su voluntad. ¿Estaría en el cielo?

Pero, para ser el cielo, el ambiente era demasiado desordenado. Un lugar tan mundano donde había avenidas en construcción y obreros reparando postes eléctricos, de ninguna manera podía ser el cielo. Tampoco el infierno, ya que el entorno era demasiado ordinario. Un lugar tan mediocre, ni bueno ni malo, no podía ser otra cosa más que la realidad. Y la vida seguía igual que el día anterior en el sentido de que nada le salía bien.

Con un ojo más abierto que el otro y el ceño fruncido, Kim Seong-gon empezó a analizar la situación. La briqueta estaba apagada. Una de las ventanillas traseras estaba abierta y debajo del asiento delantero rodaba una botella de soju. Se acordó de que la noche anterior había dejado abierta esa ventana al cerrar las puertas del coche. Así que entró aire, provocando una ventilación natural que neutralizó el monóxido de carbono, mientras que el soju le calentó el cuerpo lo suficiente para que no le afectara el frío. Además, hacía un tiempo primaveral porque se había retirado precipitadamente el frío y eso evitó que la temperatura corporal descendiera.

O sea, sin importar su desesperación, a Kim Seong-gon se lo llevaba una grúa dentro del mismo coche, no era más que un borracho que se había estacionado en una zona en la que no debía. Algunos dirían que tuvo suerte. Otros, que era un milagro. Pero tan anecdótica situación reflejaba cómo había sido la vida de Kim Seong-gon, que, por despistado y sin suerte y por cambiar de planes impulsivamente, había vuelto a fracasar. Y su reacción al darse cuenta de ello fue justo la imaginada:

—¡Demonios! ¡A la mierda todo!

Un hombre golpeando el volante y gritando groserías dentro de un coche era un espectáculo poco usual; por eso llamaba la atención, aunque gran parte de la gente que lo miraba creía que su ira se debía a que lo arrastraba una grúa y a la multa que tendría que pagar por haberse estacionado en lugar prohibido. Kim Seong-gon, que accidentalmente cruzó miradas con algunos de ellos mostrando una sonrisa burlona, apoyó la espalda en el asiento, resignado. El muñeco inflable publicitario de un restaurante de manitas de cerdo sacudía sólo uno de los brazos como si se burlara de su muerte frustrada.

Después de pagar la multa por estacionarse mal y bajar su coche de la grúa, volvió a casa, o, mejor dicho, al que, si bien no era su hogar, era el único lugar que podía llamar así. En aquel espacio desolado, encendió la calefacción y se preparó unos fideos instantáneos. Medio cocidos, se los metió en la boca para calmar el hambre que parecía un irritante despertador y los restos de alcohol en la sangre que le empezaban a provocar resaca. El espejo delataba la fatiga y el patetismo en su cara. La cara de un hombre que jamás había ganado una batalla en vida, que incluso había fracasado con la muerte.

En cierta medida, Kim Seong-gon confirmó en carne propia una verdad irrefutable: el mundo funcionaba con o sin él. Aunque la muerte lo había soslayado, el estar vivo no le proporcionaba alivio y, mucho menos, felicidad. La vida era como un estado de aburrimiento que continuaba eternamente y no se percibía luz alguna en la cara del hombre en el espejo. Incluso su pasión por morir estaba apagada. Por eso Kim Seong-gon tenía que aguantar para que la muerte volviera a ser su más ferviente deseo.

En otras palabras, se sentía forzado a vivir nuevamente.

5

Aquí es necesario conocer cómo es la vida de Andrés Kim Seong-gon. Empecemos así. Imagínense que se encuentran en la calle con un hombre de mediana edad. El hombre los mira de la cabeza a los pies y agacha ligeramente la cabeza, aunque es difícil discernir si ese gesto es para disculparse. El hombre sigue su camino con cara inmutable. Es barrigón, como si los años hubieran tragado grasa. Tiene canas y luce una expresión seca pero impaciente. Es un hombre en absoluto memorable, del que por mucho que lo intenten no podrán recordar nada más que el hecho de que se toparon con él. No, ni de eso podrán acordarse. Dicho de otro modo, es el más ordinario de entre aquellos hombres cuya vida ha entrado en una etapa de declive. Así es Andrés Kim Seong-gon.

¿Cómo es socialmente? Bueno, no hace falta tener mucha imaginación. Es una persona que inicia cualquier actividad sin pensarlo dos veces para luego cargar a otros con las consecuencias. En el mejor de los casos, puede ser descrito como un hombre emprendedor; pero, en el peor, sólo como un presumido que ataca cuando hay que penetrar con sigilo en el terreno enemigo, salta cuando hay que retroceder y huye más rápido que cualquiera cuando hay que aguardar con cautela. De ahí que sea una persona que, lamentablemente, nunca saboreó el éxito en la vida.

Dentro del hogar es aún peor. No sabe hacer cumplidos a su familia y, si los hace, sus palabras nunca llegan al destinatario. Regaña a otros por pequeñeces y, si algo le desagrada, se ensaña con la persona más cercana, lo que lo convierte en un padre y un marido mucho peor que el hombre que siempre está fuera de casa.

Así es Kim Seong-gon.

Por supuesto, no todo en él es malo. Alguna vez, para algunos ha sido una persona muy especial y, de niño, hasta hubo épocas en las que otros lo consideraron adorable. Pero ahora estaba marchito, inmerso en la mediocridad. En un estado que, aunque se describa de la mejor manera, sólo puede definirse como ordinario, donde es posible encontrar (rebuscando) apenas unas cuantas cualidades. Pero como ni la situación en la que se halla ni el proceso por el que acabó ahí son lo que se propuso, su condición actual definitivamente le supone una profunda insatisfacción.

Andrés Kim Seong-gon fue hijo único, un caso bastante raro en aquellos tiempos. Su padre era funcionario ferroviario y su madre, ama de casa. Su padre, un hombre trabajador pero rígido, era de esas personas que establecían reglas para todo y pegaba en la pared listas de obligaciones familiares como hacía con el horario de los trenes. En calidad de exinstructor militar, su objeto favorito era un silbato de color plateado que soplaba cada vez que las reglas no eran respetadas. ¡Pii!, sonaba un día. ¡Piii!, sonaba el día siguiente. ¡Piiii!, soplaba cuando lo desafiaban. ¡Piiiii!, cuando le faltaban al respeto. Así, el silbato sonaba casi todos los días. Y en ese ambiente asfixiante, la única salida para su madre era refugiarse en la religión. Un día de primavera, el niño Kim Seong-gon entró por primera vez en una iglesia en brazos de su madre Clara Choi Yong-sun. Allí, fue bautizado como Andrés, igual que Kim Taegon, el primer sacerdote católico de Corea.

Pero, al contrario de las expectativas de su madre, Andrés no era un niño tranquilo y siempre que iba a la iglesia lo metían en una habitación con paneles de cristal junto con otros niños similares a él por armar alboroto y hacer travesuras durante las misas. En realidad, quedarse ahí habría sido la mejor opción para él. Pero no. Recibió la confirmación tentado por el juguete que su madre le había prometido si recibía ese sacramento. Y, más tarde, su conducta se convirtió en foco de atención de todos al ser forzado por su madre a asumir un papel que no le agradaba: servir como monaguillo después de que lo designara como tal el sacerdote principal de su iglesia.

Porque, aun siendo monaguillo, sus travesuras no cesaron. Vertía sodas con sabor a uva en la copa del sacerdote y a menudo lo descubrían fingiendo cantar himnos religiosos. Por su parte, lo más difícil era aparentar que se tomaba en serio las misas cuando cruzaba miradas con los otros niños liberados de la habitación de cristal, que le mostraban expresiones y gestos de lo más ridículos.

Pero, una madrugada, Clara, la madre de Seong-gon, fue testigo de una escena sagrada: su hijo Andrés se había levantado y vestido antes que ella y estaba de rodillas al pie de su cama rezando. Frente a él, que con la expresión más dócil del mundo de repente la llamaba *madre* en vez de *mamá* y le decía que quería ir a la iglesia, la mujer se santiguó. Desde ese día, Seong-gon empezó a cumplir con meticulosidad y la debida seriedad las funciones de monaguillo, tanto que incluso el sacerdote de su iglesia hablaba maravillas de él y que lo había bendecido el Espíritu Santo. De lo que no estaban enterados ni su madre ni el sacerdote era que tal cambio se debía a Julia Lee Ju-hi, una niña nueva de la parroquia.

El primer amor que Seong-gon experimentó en la primavera en que cumplió doce años sacudió por completo su mundo. Seong-gon no creía en Dios. Iba a la iglesia sólo para tener una excusa válida para no estudiar, y servir como monaguillo era para él un mero trabajo parcial que le permitía recibir a cambio una recompensa en efectivo de su madre, aunque cada vez más le suponía una tortura el estar de pie durante horas frente a todos como una estatua de piedra con sotana roja y roquete blanco, parecido a una bata de baño, máxime después de escuchar a un niño decir: "Ese chico lleva un vestido de niña".

Pero, una tarde lánguida, Seong-gon detuvo la mirada en Julia Lee Ju-hi mientras cantaba sin ganas un himno. Al verla sintió que le faltaba el aire, el ser más puro del mundo que alababa a Dios con su canto. En ese instante, la luz que entraba por las vidrieras iluminó el velo de Julia y sus miradas se cruzaron. Ante un momento tan mágico, Seong-gon no pudo más que creer que Dios existía.

Lamentablemente, su pasión inocente fue destruida antes de tener una conversación con Julia por culpa de su amigo Jacobo Park Gyu-pal. Seong-gon lo conoció en la habitación con paneles de cristal, es decir, la celda de los traviesos. Se hicieron amigos debido a los denominadores comunes de sus vidas: un padre autoritario, una madre devota y las sospechas racionales que tenían sobre la divinidad. Sin embargo, esa amistad puso a Seong-gon en un dilema cuando Gyu-pal le hizo una propuesta impropia, poco después de que decidiera creer en Dios.

—¿No te parece absurdo que sólo los bautizados puedan celebrar la eucaristía? ¿No somos todos ovejas del Señor? —preguntó Gyu-pal un día en el patio trasero de la iglesia con un helado en la boca.

—¿De qué estás hablando? —Seong-gon reaccionó mientras ordenaba las velas frente a la Virgen.

—Me refiero a que si las personas como tú, nuestro noble monaguillito, no deberían ayudar a gente humilde como yo —dijo lleno de sarcasmo Gyu-pal, que aún no había recibido el bautismo católico.

Seong-gon sabía que Gyu-pal, tras rechazar la primera comunión, miraba con resentimiento, junto con otros niños de la habitación de cristal, a las personas que comulgaban.

—Pero... ¿cómo podría ayudarte?

—Siempre habrá alguna manera.

Gyu-pal le murmuró algo al oído. Lo que su amigo le decía no le parecía correcto, pero Seong-gon intuía que, si no aceptaba la sugerencia, no tendría forma de probar su inocencia, o sea, que no era un cómplice ante las máximas autoridades de la Iglesia. Y al notar su vacilación, Gyu-pal insistió impidiendo que Seong-gon hiciera caso a la voz de su conciencia.

—Será sólo una vez.

Convencido, Seong-gon chocó suavemente su puño con el de Jacobo en señal de pacto.

El acto tuvo lugar un domingo por la tarde, finalizada la misa. Seong-gon guio a un grupo de niños al depósito donde estaban guardadas las hostias y el vino. Allí, con su traje de monaguillo, miraba alrededor por si se acercaba alguien mientras empujaba a los niños en fila hacia el interior del almacén, como un funcionario corrupto que permitía el paso de inmigrantes ilegales en la frontera a cambio de sobornos.

Súbitamente, detectó movimientos sospechosos donde estaba Gyu-pal, a unos siete pasos de él. Recibía dinero de los niños como la mafia que cobra a los vendedores ambulantes. Incluso vio cómo detenía a un niño que no tenía con qué pagar y que aceptó tomar prestadas unas cuantas monedas del amigo que estaba a su lado para que Gyu-pal le permitiera entrar en el depósito.

—¿Qué estás haciendo? —le preguntó Seong-gon en voz baja.

—Lo compartiremos.

—Eso está mal. ¡Yo no pienso vender a Dios!

Gyu-pal lo retó como una fiera, señalando los bidones de agua bendita, los paquetes de hostias y las botellas de vino en la esquina.

—¿Y esto qué es? ¿Acaso a Dios lo manufacturan en una fábrica? Esto no es Cristo. Son sólo unos pedazos de pan y vino. Al fin y al cabo, nacimos para vendernos y comprarnos los unos a los otros.

Seong-gon también había tenido siempre la duda de por qué la carne y la sangre de Jesucristo se guardaban en cajas dentro de un almacén oscuro, y quizás esa perplejidad lo motivó a colaborar con la confabulación tramada por Jacobo. Estaba al tanto de su mala conducta. Incluso en muchas ocasiones había preferido no delatarlo aun a sabiendas de que metía la mano en la bolsa de limosnas no para ofrendar, sino para robar. Pero aquello era demasiado. No estaba bien usar a Dios como medio para ganar dinero, aunque estuviera hecho de harina.

—¡Ya basta! —Seong-gon trató de impedírselo a la fuerza a su amigo, pero éste era más fuerte.

—¡Cállate y vigila por si alguien se acerca! —gritó Gyu-pal sacándolo violentamente del depósito y cerrando la puerta en su cara.

Andrés Kim Seong-gon golpeó la puerta, pero sólo escuchó a su amigo decir:

—Más te vale no abrir la boca. Si alguien se entera de esto, atente a las consecuencias.

A Seong-gon le temblaron levemente los labios y juntó las manos para rezar, aunque sabía que ya era demasiado tarde. Rogó para pedir que nadie se enterara, para que Dios le perdonara porque era la primera vez que se metía en algo tan malo. Sin embargo, sus súplicas no sirvieron de nada, pues enseguida llegó el momento del juicio. Mientras rezaba, con el corazón en la boca, escuchó que alguien se asomaba desde el otro extremo del pasillo. Abrió los ojos y lo que vio lo petrificó. Era Julia, a quien no había tenido oportunidad o valor siquiera de saludar mirándola a los ojos. Venía con el sacerdote. En otras circunstancias, la escena de Julia acercándosele habría sido la más hermosa, pero ése no era el caso; al contrario, la situación lo aterrorizó. "Por favor, que no se dé cuenta", imploró para sus adentros, pero el sacerdote ya tenía ojos suspicaces e iba directamente hacia él. Seong-gon se colocó frente al depósito como si de esa manera pudiera esconderlo. El sacerdote, con una fuerza casi sobrenatural, lo apartó y abrió la puerta. Dentro fue testigo de un rincón contaminado de pecado y codicia: niños que devoraban las hostias como si fueran galletas, Gyu-pal sentado en una vieja escalera de mano de madera tomando vino en su copa dorada mientras contaba monedas y Andrés Kim Seong-gon, que estaba a un lado, pero que seguro que era el autor de tan irrespetuoso crimen.

El sacerdote se santiguó y lanzó una mirada punzante a Seong-gon, que esperaba la redención; no obstante, terminó devastado por dentro al sentir la marca de deshonra que dejaba en su pecho la expresión de decepción en el rostro de Julia.

6

De manera muy oportuna, su familia se vio obligada a mudarse cuando trasladaron a su padre a otra oficina de gestión ferroviaria al norte de la provincia de Gyeonggi. Con la mudanza y el inicio de la adolescencia, Seong-gon se distanció de la Iglesia y el tiempo borró de su mente la existencia tanto de Julia como de Gyu-pal. Su vida entonces empezó a fluir sin grandes altibajos, desvinculada de cualquier criterio que pudiera calificar sus actos de nobles o de blasfemos. Su padre seguía haciendo sonar el silbato, aunque mucho menos que antes, hasta que su madre, que aumentó su poder en el hogar con el apoyo de su Diosecito, logró deshacerse del silbato sin que su dueño se diese cuenta. Seong-gon pasó una adolescencia relativamente tranquila. Terminó el bachillerato según lo establecido e ingresó en la universidad. Como nunca tuvo aspiraciones concretas para el futuro, eligió una carrera que consideró la mejor entre sus opciones. A esas alturas, su nombre de bautismo católico ya había quedado en el olvido.

Del nombre de Andrés se acordó en un curso de conversación de español de nivel básico que hizo durante las vacaciones de verano en su primer año en la universidad, como parte de un programa de créditos complementarios. Llegó tarde el primer día y los estudiantes ya estaban emparejados para practicar las expresiones aprendidas. Cuando lo vio entrar en el aula, el profesor señaló con la mano a una alumna en el fondo que no tenía pareja y, guiado por él, Seong-gon se sentó al lado de aquella chica, que pronto se convertiría en su segundo primer amor.

—¡Hola!

Ella saludó primero, afable y jovial. Aun sin elevar su tono de voz al pronunciar las sílabas finales, sonaba tan refrescante como una soda. Seong-gon nunca pensó en usar un nombre occidental en sus clases de lengua extranjera, pero cambió de parecer al escucharla presentarse.

—Mi nombre es Cha Eun-hyang. Pero puedes llamarme Catalina —sonrió y siguió hablando—. El equivalente en inglés es Katherine y en francés, Catherine. Aquí, como estamos en clase de español, me puedes llamar Catalina o simplemente Cata.

Por tan larga presentación, ella misma se echó a reír.

—Yo... yo... —Seong-gon tartamudeó porque no tenía preparada una presentación como ella, pero pronto se acordó de su antiguo nombre de bautismo.

—Andrés. Yo soy... An... drés Kim... Seong... Gon —dijo con voz entrecortada.

—¿Andrés? Es un bonito nombre.

Imitando cómo la chica pronunciaba Andrés Seong-gon, se repitió varias veces en la cabeza aquel nombre, que ya ni podía decir sin extrañarse de cómo sonaba, mientras sentía cosquillas en el estómago como si burbujas de gas reventaran en su interior al compás de la risa de Cata.

Desde esa primera clase, las conversaciones entre ambos continuaron en un español de nivel incipiente, pero amable.

Cata era una chica sincera, poseedora de una personalidad encantadora. Su exótica apariencia y mente abierta creaban un agradable contraste con la calma y la lógica con la que actuaba, y tan exquisita dualidad cautivaba profundamente a Seong-gon. Aunque a veces su relación era confusa porque no podía determinar si ella lo consideraba un amigo o un compañero de clase más, sus sentimientos hacia Cata eran evidentes.

Sin embargo, cuando su español tenía mejor nivel y pensaba declarársele en ese idioma que aún no dominaba para no exponer todo lo que sentía por ella, el destino le hizo otra mala jugada: Cata le avisó que se iba a estudiar a Estados Unidos. Ante la noticia, Seong-gon no supo cómo reaccionar. Sólo movió la cabeza de arriba abajo con un agujero en el corazón.

—No quería decírtelo —dijo Cata con la mirada perdida. Pero no pasaron ni dos segundos cuando, de pronto, cambió de posición y, mirando a Seong-gon directamente a los ojos, preguntó—: ¿Por qué será?

Seong-gon se quedó mudo. Ante su silencio, Cata no esperó su respuesta. Con una expresión en el rostro que de repente revelaba un grado de madurez nunca antes visto en ella, sacó la mano del bolsillo tan enérgicamente como si arrojara una escalera roja en una mesa de póker proponiendo un apretón de manos.

—Me alegro de haberte conocido, Andrés.

Seong-gon le estrechó la mano. Fue un apretón ligero y fresco. Aunque por dentro estaba llorando, no tuvo otra opción que despedirse deseándole la mejor de las suertes porque a Cata, hasta en ese último momento, no parecían afectarle mucho los cambios.

Después de su partida a Estados Unidos, mantuvieron contacto por correo electrónico y, mientras los mensajes se hacían menos frecuentes, Seong-gon cumplió el servicio militar y volvió al campus universitario.

7

Lo que le quedó tras aquel amor frustrado fue el nombre de Andrés. Por razones desconocidas, a partir de ahí todas las alegrías, penas, dificultades y experiencias placenteras las vivió como Andrés Kim Seong-gon. Por ejemplo, cuando trabajó a tiempo parcial en un bar preparando cocteles y recorrió Europa con el dinero que había ganado. También cuando fue administrador de un club de aficionados a juegos de rol en internet o cuando se pasaba todo el día en un foro cibernético donde lo único que hacía era responder a las preguntas sobre cine que se hacían los participantes al azar.

Si otros lo llamaban Andrés, la vida que llevaba como Kim Seong-gon, apegada a la dura realidad de todos los días, levantaba los pies de la tierra y alcanzaba un estado de total libertad como el viento. De no ser por ese nombre, tal vez jamás habría incurrido en la irreverencia hacia Dios que cometió en la infancia, ni tampoco habría podido tener esa relación tan ambigua en el límite entre el amor y la amistad forjada en un español incipiente. Como Andrés, podía volar y hasta explorar terrenos desconocidos para en cualquier momento volver a poner sus pies firmemente sobre la tierra como Kim

Seong-gon. Y cuando se dio cuenta de ello empezó a presentarse como Andrés Kim Seong-gon.

Tras graduarse en la universidad, encontró empleo para trabajar en ventas internacionales en una empresa de repuestos automotores. En su tarjeta de negocios, grabó de la siguiente manera su nombre: Seong-gon Andrés Kim, con el apellido al final como se hacía en Occidente. Y mientras luchaba cada día por sobrevivir tratando con anglohablantes que lo llamaban Andy o franceses que pronunciaban André con el sonido nasal característico de su idioma, el tiempo transcurrió sin prisa. Entretanto, se casó con Ran-hee tras un apasionante noviazgo, que iniciaron poco después de conocerse en el foro cibernético de preguntas y respuestas sobre cine y aventurarse a profundizar en esa relación en el mundo *offline*. Además, el estado de sus finanzas se mantenía en números positivos gracias a una carrera profesional y un patrimonio personal más o menos satisfactorio, al tiempo que recibía una evaluación relativamente buena en el trabajo por su nivel de rendimiento. Parecía que navegaba por la vida sin mayores escollos.

Pero, en un momento dado, se percató de que algo denso se acumulaba dentro de él y lo empezaba a mortificar. La vida se había vuelto pesada sin nada que pudiese diferenciar el hoy del ayer. Eso le provocaba asfixia. Para colmo, un día se dio cuenta de que el tedio que sentía tenía que ver con la verdad irrefutable de que él no era el responsable de su humilde éxito, pues todo se lo debía a la empresa para la que trabajaba y las garantías que le ofrecía.

Al ser consciente de ello, debía elegir entre dos opciones: seguir siendo un repuesto reemplazable más de un gran sistema o renunciar a su trabajo para ser libre y perseguir el sueño que fuera.

Por suerte o por desgracia, en aquella época se percibía un ambiente social favorable a las personas en busca de nuevos retos y de una vida más libre. Por eso todos felicitaron con algo de envidia su valiente determinación de renunciar al trabajo, excepto su mujer Ran-hee. Pero era demasiado joven y la sangre le hervía, por lo que no pudo darse cuenta de que tanto las palabras de aliento de terceros como las casualidades que lo entusiasmaban eran como los susurros del demonio.

Tras renunciar, Seong-gon montó una tienda virtual multiproductos. Su idea inicial era gestionar un sitio similar a los grandes almacenes donde los consumidores pudieran encontrar de todo, desde cortaúñas hasta máscaras antigás. Sin embargo, y aunque suene paradójico, la tienda fracasó justamente por tener un catálogo tan extenso, que sólo desorientó a los compradores.

El segundo proyecto que impulsó cuando aún tenía fondos para invertir después del primer fracaso fue una cafetería especializada, que terminó por quebrar al abrir en la misma manzana un establecimiento de una franquicia famosa cuya estrategia principal era servir café de calidad a precios módicos. Así saboreó otra amarga derrota, aunque se recuperó más rápido de lo imaginado, pues, después de tomarse un breve descanso, emprendió otro negocio, el de impresión 3D. Lamentablemente, también fracasó, en este caso por falta de información.

Para sorpresa de muchos, los reiterados reveses no lo detuvieron. Después de sus primeros fracasos, la gente a su alrededor lo llamaba "tentetieso", elogiando su perseverancia y espíritu emprendedor. Pero, a medida que acumulaba pérdidas, incluso esa gente empezó a criticarlo, refiriéndose a él como un adicto al fracaso. Kim Seong-gon se levantaba si se caía e iniciaba un nuevo negocio después de otro frustrado, y este ciclo se hacía corto, pese a que necesitaba cada vez más tiempo para reponerse.

Una parte engañosa en su resurgimiento tras una inversión fallida era que casi nunca analizaba objetivamente las razones del descalabro, mucho menos reflexionaba sobre sus decisiones, fueran buenas o malas. De ahí que, al contrario de lo que creía, no había aprendido nada. Kim Seong-gon sólo sabía darse latigazos y presionarse a sí mismo porque se encontraba demasiado ocupado con la inquietud de que el tiempo estaba en su contra para evaluar sus actos. Así, era muy propio de él precipitarse al invertir su dinero en algo que decían por ahí que podría ser rentable e inventarse pretextos autoconsoladores cuando las cosas salían mal.

Como era de esperar, sus ahorros se agotaron con el tiempo y en su cara empezaron a notarse poco a poco las vicisitudes que atravesaba en su vida: en las arrugas verticales en su frente, producto de innumerables noches de angustia, en su mirada seca llena de dudas sobre la humanidad y en su actitud carente de energía. Así, se convirtió paulatinamente en un hombre ordinario y tosco.

En realidad, a lo largo de su vida, Kim Seong-gon casi nunca dejó de esforzarse. En todo momento trató de alcanzar lo que hacía latir más fuerte su corazón y sacrificó el presente por un futuro mejor. Nadie podría recriminarlo por no conformarse, tampoco por luchar constantemente por sobrevivir.

Hubo momentos en los que sí estuvo a punto de alcanzar sus objetivos. Pero sus logros fueron efímeros y eso implicaba fracaso. De esa manera, cuando la vida lo ponía en jaque obstaculizando sus planes e imponiéndole límites, Kim Seong-gon cambiaba de dirección sin darse cuenta de que se adentraba en otro callejón sin salida. Y esa carrera interminable de fracasos y frustraciones convirtió su vida en un plato de sobras que era mejor desechar.

En ese punto, como toda persona común y corriente, comenzó a culpar a otros de todo lo malo que le sucedía. Si ocurría algún problema en su negocio, era por los clientes. Y si no le iba bien, lo atribuía al sistema social, que sólo abría el camino hacia el éxito a unos pocos privilegiados, al mundo lleno de ladrones y estafadores, o a la vida infortunada. Cada vez que sus esfuerzos no daban resultado, tal forma de pensar se solidificaba como la cera derretida de las velas, endurecida sobre el pedestal del candelabro, y a medida que crecía su resentimiento se volvía cada vez más inútil sin que él mismo se percatara.

La oportunidad, para alivio de muchos, puede darse incluso en una vida apagada, una vida que parece que se ha echado a perder. El problema es que llega con demasiada sutileza y, si uno no es lo suficientemente perspicaz, puede que no se dé cuenta de que está ahí.

En el caso de Andrés Kim Seong-gon, la oportunidad de su vida se le apareció junto con la palabra *cambio* que escuchó en la estación de Seúl tras su fallido suicidio en el río. No entendía por qué, pero esa palabra tan común que se escuchaba por doquier y, por ende, no causaba impresión alguna en las personas, se le clavó en el oído aquella noche.

¿Cómo pudo suceder algo así? ¿Cómo pudo una persona tan torpe y tan poco aguda detectar una señal así de pequeña? Quizá fue pura casualidad. Pero también quedaba la posibilidad de que en lo más profundo de su ser hubiera oído voces desesperadas, tanto de Kim Seong-gon como de Andrés, que le gritaban que estaba frente a su última oportunidad para cambiar.

8

Seong-gon recuperó la conciencia. Miró alrededor y vio una pequeña ventana por donde entraba el sol, un escritorio de metal, un catre usado y unas cajas aborrecibles que le provocaban náuseas. Aborrecibles porque su contenido no le servía, pues era lo que le quedaba del negocio de mascarillas que emprendió cuando la pandemia del coronavirus azotó el mundo, convencido de que podría ganar mucho dinero; sin embargo, fracasó porque hubo muchos otros que se le adelantaron.

Mientras se empezaba a prescindir de nuevo de las mascarillas, a Seong-gon le subió la tensión y se le estrecharon las arterias por el estrés que le provocaba el simple hecho de estar viendo aquellas cajas, después de haberlas comprado pagando un precio por encima del habitual. No había previsto que las mascarillas quedarían pronto en desuso y eso es lo que estaba ocurriendo.

Seong-gon vivía en un estudio que tenía alquilado, separado de su familia, con el pretexto de concentrarse en su negocio, pero sabía que a esas alturas nadie estaba dispuesto a comprar mascarillas al precio que él exigía. "Éste va a ser mi último intento", se había dicho. Lamentablemente, los resultados eran atroces: la economía del hogar estaba en pésimo estado y él no veía posibilidad alguna de regresar con su mujer.

Seong-gon se puso a calcular lo que debía descontar de su balance personal. Antes que nada, las pérdidas que sufrió invirtiendo en la Bolsa. Luego, el préstamo bancario aún sin amortizar, más otras deudas que tenía dispersas. "¿Cuánto es el total?" La pregunta quedó sin respuesta porque desistió de continuar con los cálculos.

Se sintió como en un pantano en el que se hundía cuanto más se revolvía para escapar de ahí.

En un repentino ataque de ira, Kim Seong-gon pateó las cajas. Al caer al suelo, algunas escupieron lo que llevaban dentro. Entonces, se puso más nervioso y, gritando como un pavo enojado, pisoteó las cajas y arrojó violentamente las mascarillas, todas las que alcanzó a agarrar. El incumplido deseo de matarse y el impulso que lo arrastró hasta el umbral de la muerte invadieron de nuevo a aquel débil hombre.

—¡Mi plan era morir en el río en lugar de estar en este agujero de desesperación! ¡Pero regresé a esta realidad maldita! ¿Cómo pude permitirlo? —Kim Seong-gon gritó llorando tirado en el suelo.

Para su suerte, no había nadie alrededor, ya que, si hubieran existido testigos, se habría convertido en el hazmerreír de todos por lo bochornosa que resultaba la escena: un hombre de mediana edad que llora dando puñetazos en el suelo, arrojando a todas partes unas mascarillas tan livianas como una pluma. Parecía un niño que había hecho una pataleta porque le habían quitado su dulce.

Completamente resignado, Kim Seong-gon lloró más fuerte. Tan fuerte que se le escapó la baba, aunque instintivamente aspiró la saliva con la boca, como el yoyó se deja caer, rebotando y después subiendo de nuevo. En ese mismo instante, vio un marco con cristal apoyado en una de las paredes, o más bien su reflejo en la superficie. Contenía el póster de su película favorita, *Birdy*.

El solitario de Birdy mirando la luna, desnudo y en cuclillas. En la sombra a su izquierda, un hombre lloraba sentado en el suelo con las piernas cortas y gordas estiradas. Estaba despeinado y tenía el vientre abultado, mientras que su cara mostraba el ceño fruncido y una expresión hostil. Al cruzar miradas con ese hombre, Kim Seong-gon se quedó inmóvil. Ante una imagen totalmente impredecible, y del susto, olvidó apartar la mirada para evitar verla y así se quedó contemplando a ese hombre con ojos sospechosos, respirando agitadamente. Todo en él contrastaba con Birdy, especialmente con su cuerpo esquelético y su mirada triste pero llena de deseos de volar. Sin destensar la expresión en su rostro, Kim Seong-gon se puso enfrente del marco y vio con detenimiento la parte de la sombra, es decir, su reflejo sobre el cristal que protegía el póster.

Sintió la necesidad de verlo más de cerca. A menor distancia, el marco lo reflejaba más nítidamente, casi como un espejo.

"Qué feo."

La frase hacía eco en su cabeza como el tintineo de una campana colgada en la puerta. Kim Seong-gon relajó los músculos de la cara y dejó de fruncir el ceño, aunque no por eso el tintineo dentro de su cabeza se detuvo.

"QUÉ FEO."

Kim Seong-gon colocó el marco con el póster de *Birdy* sobre la mesa y se apartó. Se acordó de un verso que decía: "Ahora, de regreso, parado frente al espejo...". Conteniendo la respiración, se puso de perfil. Cuando, sin proponérselo, relajó los músculos sin poder contraer más el abdomen, lo vio rebotar elásticamente y quedar colgado fuera del pantalón.

Pensativo, dio varias vueltas y, por último, se sentó frente al escritorio. Ya no era el hombre iracundo de hacía unos minutos. Abrió la galería de fotos del teléfono celular, pero no sabía qué era lo que quería ver o encontrar. Además, tenía muy pocas imágenes almacenadas. Unas cuantas capturas de pantalla de notas de prensa o de gráficos de acciones, fotos de documentos de depósitos bancarios y paisajes desolados fotografiados sin querer. Seong-gon dejó entonces a un lado el teléfono y encendió la computadora para acceder a su archivo en la nube.

Buscó su antigua contraseña, porque no la recordaba, reactivó su cuenta y siguió los pasos indicados para sincronizar su celular con la nube, para, al fin, conectar con los recuerdos de su pasado allí guardados. Fotos de las que ni se acordaba mostraban la historia de su vida. Cuanto más antiguas, mejor se veía él en ellas: más joven, más en forma, con mejor cara y con menos arrugas. Con una pasión inexplicable, se concentró en ese viaje virtual hacia el pasado hasta que se detuvo frente a una imagen.

La foto mostraba a un hombre joven y esbelto, con pantalones cortos y camiseta sin mangas, levantando a su hija y mirándose al espejo. Tenía los brazos más o menos tonificados y la espalda erguida, mientras que su pelo descuidado indicaba que era un hombre libre y la barba que acentuaba su línea de la mandíbula lo hacía más atractivo. Su hermosa mujer se apoyaba en él, con una suave sonrisa, y su hija de cabello rizado mostraba una risa más resplandeciente que el sol, levantando la barbilla hacia el cielo. Era la foto perfecta para un concurso de retratos familiares.

"¿Ése soy yo?" Kim Seong-gon quedó impactado. "¿Hubo tiempos así en mi vida?"

Todo se veía diferente comparado con su presente. Absolutamente todo.

En otras circunstancias, ver fotos del pasado y comprobar su desdicha recordando lo que tuvo y lo que perdió lo habría sumido en una desesperación aún más profunda. No obstante, en ese momento, por razones desconocidas, le entraron ganas de explorar más. Se fijó en los detalles de la foto. La examinó minuciosamente, desde la expresión en la cara de las tres personas de la imagen hasta el ambiente o la luz que entraba por una de las esquinas. Todo era perfecto. Entonces, en su interior brotó un deseo que nunca antes habría abrigado: quería ser el hombre de la foto.

9

Ese día, su hija Ah-young cumplía tres años. Tenían reservadas entradas para un musical cuyo personaje central era el León Cobarde de *El maravilloso mago de Oz*. Sin embargo, antes de salir de casa rumbo al teatro, recibieron la mala noticia de que la función se cancelaba por un contratiempo que había tenido el protagonista. Su hija, desilusionada, rompió a llorar. Su mujer trató de calmarla, pero nada la consoló. Entonces, Seong-gon, que acababa de lavarse la cara, se despeinó para imitar la melena del león y empezó a rugir frente a su hija, explicándole que había venido personalmente a visitarla porque en el teatro no podrían encontrarse. Su hija abrió desmesuradamente los ojos por la sorpresa, más aún cuando Seong-gon la levantó y, sujetándola fuerte, movió los brazos hacia delante y hacia atrás como si empujara un columpio. La niña ya no lloró. Todo lo contrario. Rio a carcajadas como si nunca hubiera derramado una lágrima. Su mujer, que había contemplado la situación en silencio, se acercó. Se apoyó en él y sacó el teléfono celular para tomar una fotografía.

Cuando eso ocurrió, Seong-gon pensó que era un día más de los tantos que llenaban su vida sin un significado especial.

Entonces ignoraba que los momentos perfectos se creaban en la más ordinaria cotidianidad.

10

Seong-gon conectó la impresora, una máquina vieja que había comprado hacía más de una década y que desde entonces cumplía de la mejor manera sus funciones como testigo de todos sus éxitos y fracasos. Hizo clic y la foto salió impresa en color.

Sacó luego el espejo de cuerpo entero que tenía guardado en un pequeño armario de su apartamento desde mucho antes de que lo alquilara y se puso frente a él con el papel impreso aún caliente en la mano.

Allí se esforzó por imitar la foto. Tomó el mugriento muñeco de abeja que usaba como cojín para sujetarlo como a su hija y giró la cintura para colocarse igual que en la fotografía. También trató de reír de la manera más espontánea posible como el hombre en la imagen, es decir, el hombre feliz que parecía que había sido en el pasado. Como en la foto no mostraba una sonrisa, sino una carcajada inesperada, fingió reír mientras que con la mano que tenía libre fotografió varias veces su reflejo en el espejo. Cansado de tener el cuerpo tenso, relajó los músculos. Su vientre volvió a abultarse y sintió que le faltaba el aire. Nunca pensó que imitarse a sí mismo sería tan difícil. Por eso murmuró respirando agitadamente que estaba mejor como estaba, que no tenía por qué cambiar y que prefería vivir sin esforzarse.

Resignado, Kim Seong-gon se tiró en el sofá. Lo de imitar una foto antigua lo hizo sin ningún propósito en particular. Sólo quería compararse y verificar cuánto había cambiado.

Entonces imprimió una foto reciente, una de las pocas nítidas que tenía, y la colocó al lado de aquella de hacía doce años. "Hum", gruñó en voz baja. Definitivamente, lo que veía no le gustaba.

Analizando su situación presente, concluyó que las dos mujeres de la foto ya no eran parte de su vida, ya que tanto su hija Ah-young como su mujer Ran-hee no deseaban saber nada de él. O, mejor dicho, él había desaparecido de sus vidas, al igual que el pequeño pero cálido apartamento que había sido el nido familiar. De repente, se dio cuenta de que en el pasado tuvo muchas cosas valiosas, pero no quería recordarlas.

Si su vida junto a ellas fue una tarde soleada con dulce brisa de primavera, ahora estaba flotando solo y desorientado en el espacio infinito lleno de oscuridad.

Seong-gon sacudió la cabeza como si de esa manera pudiera espantar los remordimientos. Y, en lugar de hacer una comparación emocional de su pasado con su presente, decidió analizar sólo los aspectos visibles de la foto. Así, como un científico, cotejó meticulosamente ambas fotos: la antigua y la reciente.

—He envejecido. Tengo menos pelo… Y estoy más feo…

Era él quien hablaba, pero esas palabras lo enfurecieron como si las escuchara de otro que chismorreara de él a sus espaldas. "Lo reconozco", se dijo. No le quedaba más remedio que admitir que ya no era joven ni lucía como antes. Pero ¿no había nada que pudiera cambiar? ¿Nada?

Como si quisiera descubrir el último secreto del mundo, Kim Seong-gon juntó las dos fotos y las levantó superpuestas hacia la ventana por donde entraba la luz del sol. Sus siluetas pasada y actual se solaparon. Al quedar irreconocibles las expresiones faciales y otros detalles, pudo notar con mayor claridad la diferencia entre ambas. Primero, había perdido estatura. Tenía la cara más ancha y más angulosa y una postura jorobada con la espalda curvada y la cabeza hacia delante.

"La cabeza, el cuello, la espalda... Tal vez pueda mejorar la postura", pensó convencido de que ese cambio le resultaría fácil. Así, de nuevo frente al espejo, enderezó la espalda. Mantenerla recta no era tan sencillo y se sorprendió de su ineptitud, de que ni siquiera podía rectificar la postura. La cintura le empezaba a doler y le costaba tener contraído el abdomen porque para ello tenía que aguantar la respiración. No tardó en sentir dolores en todo el cuerpo, hasta que se dio por vencido e inmediatamente volvió a mostrar una postura encorvada.

Con actitud de perdedor, que a esas alturas era una condición permanente en su vida, Kim Seong-gon trató de controlar la respiración tendido en el sofá. La pantalla de la computadora mostraba un montón de miniaturas de videos y movía el cursor entre ellas sin objetivo haciendo rodar la rueda del mouse cuando su mirada se detuvo en una en particular. La cara de su hija estaba dentro de un pequeño rectángulo. Hizo clic y pulsó el botón de reproducir. Segundos después, la aguda risa de la niña lo apuñaló en lo más hondo de su corazón. Era el video que habían grabado el mismo día del cumpleaños de Ah-young.

El archivo mostraba las escenas de ese día desde el punto de vista de Ran-hee, su mujer. Él encendía las velas del pastel de crema y fresas como toque para completar un momento tan perfecto. Y ahí estaban. Cuatro velas iluminaban el rostro de su hija. Los tres juntos cantaban "Cumpleaños feliz". La niña miraba con orgullo a sus padres tras apagar airosamente las velas. Seong-gon untaba crema en la punta de la nariz de su hija y ella arrugaba la cara como gesto de consentimiento. Risas de felicidad.

Ah-young pinchó con un tenedor una fresa del pastel y se la ofreció a Seong-gon.

—Come, papi.

Seong-gon esquivó el tenedor. No le gustaban las fresas.

—No. Come tú, Ah-young.

—Es para ti —la niña, con un desarrollo del habla más avanzado que otros de su misma edad, le respondió con firmeza.

Entonces, Seong-gon, para complacer a su hija, fingió comer la fresa haciendo incluso el ruido de masticar, pero eso no satisfizo a la niña, que insistía en darle la fruta. Así que no tuvo más remedio que confesar.

—Es que no me gustan las fresas.

—¡Pero si están ricas! Prueba una. Te va a encantar.

La niña repitió varias veces estas frases. Seong-gon, sin embargo, por mucho que amase a su hija, no quería comer fresas. Las detestaba por su textura pastosa, su sabor ácido y las semillas que recubrían su exterior y que se sentían ásperas dentro de la boca. De hecho, siempre le extrañó la alta demanda de las fresas. Y, ante la insistencia de la niña, reprochó por dentro a su mujer el haber comprado ese pastel.

—No puedo comerlas. Si lo hago, me voy a morir.

—¡Mentira! Mami me ha dicho que no tienes alergia. Dice que sólo es que no te gustan.

Su mujer encogió los hombros haciéndose la desentendida. Seong-gon se sintió incómodo. No quería hacer llorar a su hija el día de su cumpleaños.

—No te gustan porque no las has probado. Así que prueba una. Por mí. Es mi cumpleaños.

Ante el ultimátum de la niña, Seong-gon cerró los ojos y se comió la fresa. Mientras la lengua aplastaba la pulpa, sintió una mezcla de dulce con ácido a la vez que percibía un ruido más fuerte de lo imaginado al masticar las semillas.

—¡Guau! Está mucho más buena de lo que recordaba —decía él en la pantalla, frente a su hija que sonreía—. ¡Qué extraño! Es la primera vez que pruebo una fresa tan rica —dijo llevándose otra a la boca. Nunca antes había comido voluntariamente dos fresas seguidas.

—Te lo dije. ¿Tengo o no tengo razón? —dijo Ah-young triunfante, con una pronunciación aún imperfecta—. Tienes que pensar de otro modo. Ahora ya sabes que no era que no podías comerlas, sino que no querías.

—De acuerdo. Sólo tengo que cambiar mi forma de pensar, ¿no?

Seong-gon puso los dedos índices en las sienes y, dibujando pequeños círculos, imitó cómicamente el sonido de un robot: bip-bip, bip-bip. Pero, de repente, movió de un lado a otro el cuello como una máquina averiada, miró hacia arriba con exageración dejando ver sólo la parte blanca de los ojos y luego agachó la cabeza sin fuerza con un largo bip. Así, dejó pasar un par de segundos antes de levantar lentamente la cabeza y exclamó:

—¡Ya he cambiado!

Lanzó una risa ingenua. Sin embargo, su hija estaba seria.

—Pero cambiar la forma de pensar no es suficiente —dijo la niña con gravedad—. También tienes que cambiar la forma de actuar.

Ah-young le volvió a ofrecer otra fresa y Seong-gon la tragó sin vacilar. Justo entonces se dibujó en la boca de la niña una gran sonrisa, la más perfecta y radiante.

En ese momento, la niña le quitó el teléfono celular a su madre y empezó a filmar a sus padres.

—Mami, ¿a ti qué te gusta más de papi?

Seong-gon colocó una mano semicerrada alrededor del oído, como si exagerara que quería escuchar mejor y no perderse ni una palabra. Ante su insistencia, Ran-hee contestó sin más remedio:

—Primero, es guapo…

Al oír su respuesta, tanto Seong-gon como la niña rieron a carcajadas.

—También es bueno, amable y maravilloso —continuó Ran-hee.

—¡Guau! Es el mejor hombre del universo —reaccionó su hija.

—¡Por supuesto! No cabe duda de que soy el mejor hombre del universo —dijo el Seong-gon del pasado, riendo con ganas.

Seong-gon reprodujo una y otra vez ese video. Si pudiera escoger un día para vivir eternamente, elegiría aquel grabado en el video. Pensaba que sería capaz de vivir en bucle ese momento y eso lo entristeció. Las lágrimas le brotaron sin cesar. No podía creer que había atravesado toda una vida para aterrizar en donde estaba. La pena lo abrumó.

11

Seong-gon pidió papas fritas en un restaurante de comida rápida y se acomodó en una mesa junto a la ventana. Giró la cabeza y vio su reflejo en el cristal. Tenía la cara demacrada, el pelo despeinado, la espalda encorvada y el vientre flácido. Ahí estaba un hombre mediocre, devastado y cobarde, que había sido rechazado incluso por la muerte. La perfecta representación de una persona descrita por todos como "perdedor".

Pero, de pronto, Seong-gon se miró a sí mismo enojado. Sabía que no había sido así desde el principio y por eso pensó que era el momento de analizar su estado.

Al tomar un trozo de papa frita con cátsup, vio un bolígrafo en el suelo. Lo habría dejado caer el estudiante que hasta hacía poco estaba en la mesa de al lado. Lo recogió para llevárselo al empleado de la caja, pero desistió para anotar con él, en la parte de atrás del papel de la bandeja, las condiciones en las que se encontraba.

Edad, posición social, deudas, así como otros datos personales y sobre su vida. Parecía un *curriculum vitae* de fracasos. A medida que iba escribiendo cada palabra, sufría como si se diera latigazos en su propio cuerpo. Aunque no había llenado ni la cuarta parte del papel, se sentía irritado y le entraron ganas de romperlo en pedazos. De hecho, hizo una bola con él como si quisiera tirarlo al bote de basura, pero enseguida lo desarrugó, lo rasgó a la mitad y empezó a escribir con su mejor letra. Cuando el estudiante que había ocupado la mesa de al lado regresó al darse cuenta de que no tenía el bolígrafo en su estuche y lo miró con sospechas fundadas, Kim Seong-gon se lo devolvió amablemente, con algo de vergüenza.

Examinó con detalle las palabras en el papel, y sintió alivio de no tener ya con qué escribir. No veía razón para seguir tomando notas, pues, para ser sincero, por mucho que enumerara sus condiciones de vida, no había ninguna que pudiera mejorar. No podía cambiar su estatus de desempleado ni su estado financiero negativo. Mucho menos la edad, ya que ni el más sabio del mundo era capaz de modificarla. Sin darse cuenta dejó escapar un largo suspiro.

En realidad, ya había hecho antes intentos por cambiar o mejorar, incluso siguiendo los consejos que daban los videos de motivación que había por todas partes en internet o en los libros de autoayuda y superación personal, y los había aplicado en su existencia diaria, como hacer la cama al levantarse, mantener siempre en orden el escritorio, hacer al menos una abdominal al día o despertarse a las 4:00 de la mañana para tener el mundo a sus pies. Sin embargo, los propósitos no le duraban y Kim Seong-gon era un hombre incapaz de cambiar.

La excusa para no hacer la cama la encontró en una revista de salud que decía que era mejor no tocar las sábanas por la mañana porque durante la noche se contaminaban de bacterias por el sudor u otras secreciones. Y, cuando estaba cansado de tanto ordenar su escritorio hasta el punto de no poder retomar el trabajo pendiente, se consoló viendo el de Einstein en una foto que descubrió por casualidad en internet. En lo que se refería a las abdominales, siguió el consejo al pie de la letra y nunca hizo más de uno al día, mientras que, cuando se levantaba a las 4:00 de la mañana, volvía a acostarse antes de que saliera el sol después de permanecer medio dormido durante varias horas sin hacer nada productivo y su día entero se echaba a perder. En otras palabras, ninguno de esos consejos le funcionó.

De lo que estaba convencido desde siempre era de que primero tenía que proponerse cambios concretos, por ejemplo, físicos, en vez de cambios abstractos de mentalidad o de motivaciones personales. El problema era que incluso eso a Kim Seong-gon le sonaba como algo lejano. Ya tenía más de cinco credenciales de socio de gimnasios a los que dejó de ir y sentía que la respiración se le aceleraba con sólo escuchar la palabra *ejercicio*. Sabía que no había necesidad de fijarse propósitos grandiosos porque, al fin y al cabo, no duraban más de tres días, como las resoluciones de año nuevo.

Kim Seong-gon se acordó de un video de YouTube sobre "Cómo calmar la ansiedad en tres segundos", que tenía un elevado número de visitas al ser su autor famoso por instruir a celebridades, entre ellas, el presidente estadounidense Barack Obama. Era un video breve y sencillos los consejos que daba. Alegaba que era posible superar la ansiedad regulando la respiración, con sólo inhalar hondo y exhalar muy despacio.

Al salir de la hamburguesería, probó ese método. Por desgracia, sólo penetraron en su cuerpo el pesimismo sobre su situación, un sentimiento de terror y el aire cruelmente gélido de invierno. Con los ojos cerrados podía sentir el mal olor de las aguas negras del río al que no logró tirarse la noche anterior. Entonces, asqueado, expulsó aire con fuerza por las fosas nasales tratando de ahuyentar cualquier energía negativa. Los consejos ajenos no le funcionaban. Tenía que encontrar maneras propias de cambiar.

12

Kim Seong-gon regresó a su apartamento. No quería seguir allí, pero había pagado varios meses de alquiler por adelantado cuando aún experimentaba algunas ganas de vivir y no le quedaba más remedio que quedarse. Encima, el dueño estaba de viaje y no tenía su contacto, por lo que no podía exigirle la devolución de la cantidad que le había entregado como depósito. Tampoco tenía otro lugar en el que vivir, ya que su mujer prácticamente lo había echado de casa.

Seong-gon se quitó la camiseta. Con el torso desnudo y abrazando el muñeco de abeja con un brazo, imitó de nuevo la foto de hacía doce años. Sabía que él no era el mismo; pero, de todos modos, lo intentó. Mirando detenidamente, era posible al menos reconocer que él y el hombre de la foto eran la misma persona. Se esforzó por ignorar los años que tenía encima, lo deteriorado que estaba físicamente, hasta la tristeza que notaba en ese objeto que sujetaba con el brazo, y puso la espalda recta en un último intento por volver a lucir como antes aunque fuera durante un minuto. El hombre de la foto era joven. Tenía estabilidad financiera. Y, sobre todo, era querido por su hermosa familia. No hacía ni el mínimo esfuerzo, pero su espalda se mantenía derecha. Eso era un símbolo de felicidad, de juventud, de autoconfianza. En cambio, la espalda que ahora erguía con todas las fuerzas para emularlo reflejaba su patética lucha por sobrevivir. De todos modos, Kim Seong-gon aguantó varios segundos en esa postura para encontrar alguna conexión entre él y su pasado retratado en la foto.

En ese momento, algo extraño ocurrió. Brotó tímidamente en su interior el deseo inexplicable de asumir retos, empezando por los más pequeños. Entonces se comprometió a corregir su postura, a considerar aquello la tarea más importante del mundo y olvidar todo lo demás, como si fuera su único objetivo en la vida. A esas alturas, no anticipaba que, a la larga, esa insignificante determinación sería el primer paso de un intrépido viaje.

13

Como no contaba con los medios necesarios para mantenerse y no estaba en condiciones de elegir, Andrés Kim Seong-gon decidió trabajar como repartidor, que era lo único que tenía al alcance. La bicicleta destartalada estacionada en el pasillo frente a su apartamento lo ayudó, aunque mientras desempolvaba el asiento no podía evitar los suspiros, imaginando lo bueno que sería tener un poco de dinero para alquilar una motocicleta de ciento veinticinco centímetros cúbicos. Si bien alguna vez aspiró a disfrutar de una vida lo suficientemente exitosa como para comprarse una Harley Davidson y ser miembro de un club de motociclistas, tal y como estaban las cosas, aquel sueño era irrealizable.

Kim Seong-gon sacó la bici y dio una vuelta por el vecindario. Podía sentir el peso de los pedales oxidados y la áspera superficie del manillar a la vez que el aire frío de invierno le atravesaba la piel. Eran la textura y la temperatura que debía aguantar para sobrevivir.

Trabajar como repartidor no era sencillo. Temblar de frío sobre la bicicleta esperando encargos y ver a otros interceptar pedidos mientras dudaba cuáles aceptar o cuáles rechazar formaba parte del trabajo. No era raro que recibiera quejas porque se había equivocado de dirección o por llevar tarde la comida por culpa del ascensor que se detenía en cada planta. También había ocasiones en las que sufría críticas por las fotos que subía algún consumidor en la aplicación de pedidos para exponer cómo había derramado la comida. Incluso un día sintió un fuerte complejo de inferioridad ante otro repartidor que le contaba que hacía ese trabajo de vez en cuando como pasatiempo en su Mercedes. Y todo eso lo experimentó en apenas dos semanas.

Pese a los inconvenientes, dejar comida caliente frente a la puerta de terceros no resultaba complicado. Lo mejor era que no había necesidad de socializar y era casi nula la posibilidad de toparse con algún conocido mientras trabajaba. Las quejas no le llegaban personalmente, sino a través de mensajes de texto, y la única actividad "presencial" eran las escasas llamadas telefónicas que tenía que hacer o atender en casos muy particulares. Pero dificultades graves no existían, al menos para Seong-gon, que en su trabajo de antaño hasta había sido golpeado en la cabeza por una carpeta que le había lanzado su jefe en un ataque de ira.

En un cruce peatonal, cuando se encendía la luz verde y todos los conductores avanzaban haciendo sonar el motor de sus coches, Andrés Kim Seong-gon pedaleaba. Entonces la gente a su alrededor o los otros repartidores lo miraban con lástima, o bien sintiéndose superiores comparando los brillantes vehículos que conducían con su bicicleta. Pero eso no le importaba. Pedaleaba a su propio ritmo porque, si tenía el bolsillo vacío, debía mover las piernas para avanzar, aunque fuera muy despacio.

El área en la que Kim Seong-gon podía desplazarse en su vieja bicicleta no podía tener más de un kilómetro de radio.

En ella, se aprendió tanto la ubicación como las características de todos y cada uno de los restaurantes, además de aceptar los consejos que le daban los demás repartidores, que eran a la vez sus compañeros y su competencia. Así se acostumbró al sistema. Llegado un momento, sabía de memoria las precauciones que debía tomar para no estropear la comida que llevaba. Hasta mostraba cierta soltura en el trabajo e intercambiaba saludos con otros en la calle.

A veces le parecían impresionantes las filas de motocicletas que llenaban las avenidas. Era el más vívido retrato de la realidad en la que se hallaba, donde cada uno luchaba a su manera para ganarse el pan de cada día. Todos estaban ocupados haciendo algo en algún lugar y para ello tenían que comer. Para vivir es necesario alimentarse y esa necesidad urgente, cuando llegaba la hora de la comida, se traducía en pedidos y hacía sonar su teléfono. Kim Seong-gon, por su parte, prefería muchas veces no comer para realizar aunque fuera una entrega más y se desplazaba en su bici por las calles oliendo los guisos de todo el mundo. Mientras pedaleaba, su cabeza se vaciaba. Se libraba de cualquier pensamiento, de ideas que lo distraían, dilemas o preocupaciones. Gracias a aquel trabajo, comprendió que los ciclos de la vida continuaban más allá de las angustias individuales de los seres humanos.

Había días en los que los pedidos abundaban. Otros, en los que no ganaba tanto respecto al tiempo invertido. Con el trabajo de repartidor no podía ahorrar, pero sí podía sobrevivir. Trabajaba cuando quería y al finalizar la jornada volvía a su apartamento para acostarse en su cama, endurecida por el frío y el vacío. El trabajo físico entumecía la mente, pero la autoexplotación era justo lo que necesitaba.

Trabajar debilitaba su voluntad de corregir la postura. No quería obsesionarse. Sin embargo, cuando en el momento menos esperado veía su reflejo en el espejo, encontraba ahí un hombre encorvado. Por mucho que trataba de enderezarse, seguía con la espalda encorvada como si estuviera a punto de caerse hacia delante y la cabeza agachada como si la tuviera pegada al pecho.

Para no renunciar a ese objetivo, Seong-gon pegó una hoja de papel cuadriculado en la pared para anotar sus esfuerzos por mejorar la postura. Como no podía mantener la espalda recta las veinticuatro horas, se propuso erguirla al menos durante un minuto, cinco veces al día.

Y así procedió y anotó en el papel cuadriculado la frecuencia de ese ejercicio en forma de gráficas. Algunas veces sudaba al completar la tarea. Otras veces se tumbaba en la cama por el cansancio, especialmente cuando hacía los cinco minutos de golpe.

Para su sorpresa, el ejercicio funcionó. Cada día podía mantener la espalda erguida durante más tiempo y empezó a hacerlo siguiendo un esquema establecido: al levantarse, después de la comida y antes de acostarse. Así, al cabo de un tiempo se dio cuenta de que corregía su postura casi inconscientemente y sin proponérselo.

A los dos meses de trabajar y hacer el mismo ejercicio, había llenado totalmente el papel cuadriculado en la pared. Y un día, cuando esperaba pedidos en un restaurante de comida rápida, de repente tuvo ganas de anotar algo. Entonces tomó un bolígrafo, dio la vuelta al papel de una de las bandejas de comida y escribió los cambios surgidos en su vida:

Por ahora, he decidido seguir viviendo.

He perdido doscientos gramos.

Sigo haciendo esfuerzos para tener una buena postura.

Sus ingresos eran tan insignificantes que le daba vergüenza anotarlos. Y los cambios, así escritos, no parecían tan decisivos. Su letra, que en la primera línea era firme, perdía fuerza hacia el tercer renglón. Pero, antes de que la decepción se apoderara de él, se puso de pie un instante y se sentó de nuevo para enderezar la espalda y siguió escribiendo:

La cintura firme, los hombros abiertos y la espalda recta.

De vuelta a lo básico.

Leyó en voz alta lo que había escrito. Entonces se sintió menos estafado por la vida y por el tiempo, porque lo que acababa de leer le sonaba como una orden, no del pasado, sino para el futuro.

A veces, pensar demasiado es nocivo y algunas angustias alimentan la desesperación. Por eso Seong-gon repitió esas frases, para frenar los pensamientos negativos que intentaban calar en él.

—La cintura firme, los hombros abiertos y la espalda recta. ¡De vuelta a lo básico!

Ese grito solitario se convirtió en su oración diaria mientras la vida empezaba a guiarlo hacia personas que había olvidado hacía tiempo.

El cajón del alma

SEGUNDA PARTE

El cajón del alma

14

Cuando se reencontró con Kim Seong-gon, Han Jin-seok se preguntó si aquél era el hombre que conocía, de lo extraño que parecía y actuaba, aunque no era quién para opinar sobre los demás, pues él tampoco era muy normal y por eso estaba perdido en la vida.

En el ascensor iban cuatro personas: ellos, otro repartidor y un distribuidor de paquetería. Ver un ascensor lleno sólo de personas con cajas para entrega a domicilio no era tan raro, sobre todo en un edificio tan grande como aquel en el que se encontraba ese día. En el aire de ese pequeño espacio cerrado se mezclaban amistosamente, o, mejor dicho, asquerosamente, los olores de distintas comidas, como guiso picante de muslos de pollo, manitas de cerdo o pollo frito, mientras que entre los repartidores no había casi espacio. Se mantenían pegados el uno al otro debido a que estaban arrinconados por la carretilla del distribuidor de mensajería, que llevaba varias cajas grandes superpuestas.

Al repartidor con algo de sobrepeso que estaba al lado de Jin-seok se le caía cada dos segundos la mascarilla, que tenía una de las cintas a punto de romperse, y por eso pudo verle la cara. En el instante en que lo reconoció, se sorprendió, pero automáticamente volvió la cabeza para evitar cruzar la mirada con él.

Se bajaron en la misma planta, aunque se fueron en direcciones opuestas. Después de entregar la comida a sus destinatarios, se toparon de nuevo frente al ascensor. Jin-seok seguía tratando de ignorarlo; sin embargo, vio por el reflejo en las puertas plateadas que el hombre lo miraba fijamente. Entonces escuchó una voz grave que creaba eco en el pasillo:

—¿No eres Jin-seok?

No tuvo tiempo ni de escapar ni de inventarse una excusa para contestarle que no era la persona que creía. Miró al hombre sin más remedio. Comprobó en sus ojos cierto arrepentimiento por haberlo recordado. "¡Vaya!", se dirían ambos simultáneamente para sus adentros. De esa manera, Jin-seok se topó por pura casualidad con el dueño de la pizzería en la que había trabajado tres años atrás y que ahora era repartidor, igual que él.

15

Unos días después, volvieron a verse en un Burger King. Fue un reencuentro inesperado para Jin-seok, quien, cuando su exjefe le preguntó su número de teléfono, no pensó que realmente lo llamaría. Nunca imaginó que estaría algún día sentado con él alrededor de una misma mesa en un restaurante de comida rápida. Pero lo que mencionó por teléfono era una cosa que para Jin-seok guardaba un significado especial; por eso, decidió invertir su tiempo para recuperarla.

Justo al entrar en el Burger King, vio al hombre ya acomodado en una mesa y notó que movía con exageración el torso para saludarlo mientras él se acercaba.

—¿Has comido? ¿Te apetece una hamburguesa?

—No, estoy bien. No me gustan las hamburguesas —contestó Jin-seok.

—Me alegro.

Inmediatamente después de murmurar esas dos palabras, su exjefe rectificó explicando que lo que intentaba decir era que tampoco quería comer porque no tenía hambre. Jin-seok podía intuir que el hombre estaba sin dinero. Por su aspecto y su rostro ensombrecido, podía afirmar que sería un lujo lograr que le invitara aunque fuera una Coca-Cola.

Entonces lo examinó con más detenimiento. Habían pasado apenas tres años desde que era propietario de una pizzería en el centro de la ciudad y Jin-seok era uno de sus empleados. Es más, fue el que se quedó trabajando para él hasta poco antes de que el restaurante quebrara.

—Se hace raro que estemos sentados aquí ahora, ¿no? —dijo el hombre mientras chasqueaba la lengua.

—Un poco —respondió Jin-seok en voz baja. Era de esas personas que se sentían incómodas hablando con otros y que tampoco sabían decir mentiras piadosas—. La verdad, no imaginé que me llamaría.

—Entiendo. Lo de intercambiar números muchas veces es algo protocolario. Mero formalismo. Pero esta vez pensé que sería grato volver a verte. Además, hace tanto tiempo que no converso con alguien…

Hablaba de más. Jin-seok lo miró con disimulo mientras las explicaciones innecesarias que daba y su claro tono de excusa alimentaban las sospechas en su interior.

Estaba seguro de que su intención no era pedirle que le prestara dinero. Y, cuando creyó haber notado que sus ojos estaban húmedos, pensó que había visto mal o que tal vez tenían razón aquellos que decían que, con la edad, la gente se hace más sensible. "¿Será que se ha vuelto así de vulnerable después de ser perseguido por sus acreedores?", se preguntó. Jin-seok se planteó varias hipótesis para entender a ese hombre que podía ser su tío, pero concluyó que eso sería imposible con su corta experiencia de vida.

—¿Y tú? ¿Por qué trabajas como repartidor?

Jin-seok definía como adultocentrismo lanzar a personas más jóvenes preguntas indiscretas alegando amabilidad o interés genuino. Y la actitud que acababa de ver en ese hombre, que le hacía preguntas como en una entrevista de trabajo, era sin lugar a dudas adultocéntrica.

—No tengo una razón en particular. Hago el trabajo sólo porque es relativamente fácil y porque no llamo la atención.

—Yo igual —dijo el hombre sin poder agregar más opiniones personales porque le interrumpió Jin-seok con la clara intención de no alargar más la conversación.

—¿Me lo da ahora, por favor? Es que, para serle sincero, tengo un poco de prisa.

El hombre murmuró que le entendía y sacó del maletín aquello que tanto quería recuperar Jin-seok: el casete del segundo disco de Duran Duran, lanzado en 1982. Viendo ese objeto, recordó cuando escuchaba esa música en la pizzería. Sintió un sudor frío y unas fuertes ganas de alejarse de aquel lugar.

Jin-seok era un aficionado al pop de los años ochenta. Se sabía de memoria las canciones y la historia de todas las bandas que engalanaron las listas Billboard en ese periodo y las características de cada uno de sus miembros, hasta anécdotas poco conocidas, rumores e historias escandalosas. Tanto que uno de sus pasatiempos era agregar información inédita que sólo él conocía sobre esas agrupaciones en Wikipedia. No obstante, tal afición, que habría sido atractiva si estuviera de moda lo retro, hizo sufrir a Jin-seok.

Por sus gustos musicales era visto como un bicho raro. Quizá porque le gustaban Boy George, Paula Abdul, Debbie Gibson y The Moody Blues más que Queen o Michael Jackson. Aunque era de pocas palabras, cuando alguien mencionaba algún artista que admiraba o alguna de sus canciones favoritas, hablaba como una ametralladora y lo miraban con extrañeza. Por eso a partir de un cierto momento empezó a ocultar su pasión.

Estuviera donde estuviera, no era raro ver a Jin-seok aislado. Todos menos él socializaban y formaban un círculo, ya fuera de amistad, compañerismo o solidaridad por conveniencia. Lo mismo ocurrió en la pizzería, donde los otros empleados lo marginaban. Resultaba absurdo e infantil que personas que ya habían cumplido la mayoría de edad estuvieran formando bandos y haciendo *bullying* sin ningún fundamento racional fuera del entorno escolar. Pero no había manera de corregir la situación cuando la mayoría, liderada por unos cuantos prejuiciosos, se empecinaba en fijar un objetivo común para señalarlo con el dedo, tildarlo de raro e ignorarlo no porque fuera malo o digno de ser odiado, sino porque era diferente del resto. En el caso de Jin-seok, su personalidad introvertida y sus gustos musicales minoritarios jugaban en su contra, aún más después de que los otros empleados empezaran a referirse a él como "alienígena".

El personal de la pizzería, gran parte de ellos veinteañeros, trataban a Seong-gon con indiferencia, guardando las distancias. Lo consideraban un hombre de mediana edad, un entrometido que se creía estar en la onda pero que no se enteraba de nada. No se daba cuenta de que lo trataban igual que a Jin-seok y de que le daban cuerda sólo porque era el dueño.

Lo más irónico era que, cuando sucedió aquello que a Jin-seok tanto le dolía al recordarlo, fue el único que se puso de su lado. Si no fuera por aquel incidente, Jin-seok no se acordaría ni de su nombre.

Jin-seok no tenía la mínima intención de declararse a Eunji, que tenía el mismo horario de trabajo que él en la pizzería y de quien estaba enamorado sin ser correspondido. Es más, ella no parecía notar siquiera su presencia, ya que, mientras él se encargaba de meter las pizzas en el horno y empaquetarlas, la chica no hacía más que coquetear con otro empleado a tiempo parcial, Min-ki. Pero eso era suficiente para él. No deseaba más. Era mejor que se encargara él solo de todo el trabajo, sin disponer de ratos libres, con tal de no mostrar a Eun-ji una expresión incómoda por no poder controlar sus sentimientos. Incluso cuando Eun-ji y Min-ki se hicieron novios y empezaron a tener encuentros íntimos en un rincón del restaurante, prefirió hacerse el tonto. Ya le resultaba demasiado agobiante guardarse para sí un amor que nunca sería correspondido como para mirarlos de frente y aceptar su relación.

Aquello ocurrió un día cuando Min-ki, el recién estrenado novio de Eun-ji, sacó el casete que vio en uno de los bolsillos abiertos del maletín de Jin-seok mientras éste estaba en el baño. Al salir de allí, escuchó la conversación de la pareja y se quedó atónito.

—¿De cuándo es esta música?

—¡Es un casete! Nunca había visto uno. ¡Qué gusto tiene!

Mientras su novio hacía girar el casete con un bolígrafo por uno de los agujeros, la chica siguió hablando y lo que dijo hirió en lo más hondo a Jin-seok.

—¿No te parece que este hombre tiene muy malas vibraciones? A veces me mira de reojo, con cara de pervertido, y siento como si tuviera monos en la cara.

—No le des importancia y aguántate, que gracias a él estamos cobrando sin hacer nada —dijo Min-ki en tono burlón.

—Pero ¿qué tipo de música será? ¿Lo buscamos en YouTube?

Inmediatamente, reprodujeron una canción en el celular Era "Río", del segundo álbum de Duran Duran.

—¡Qué asco! —exclamó Eun-ji sin dejar pasar ni dos segundos desde que había empezado a escucharse la parte introductoria de la canción con sonidos que llegaban al oído como luces cosquilleando la piel.

El corazón de Jin-seok se despedazó como si se lo hubieran arrancado las garras de un tigre. Las dos palabras que escupió la chica no representaban su opinión sobre la música que escuchaba, más bien reflejaban la aversión que sentía hacia él. Jin-seok permaneció quieto detrás de la pared que lo separaba de la pareja, deseando que se lo tragara la tierra y desaparecer por completo.

En ese momento, la situación dio un giro inesperado.

—¿Qué pasa con Duran Duran? Es una de mis bandas favoritas… —dijo una voz ronca que, además de entrometerse en una conversación en la que no era bienvenido, delató la presencia de Jin-seok—. Y tú, ¿por qué estás ahí parado como si los estuvieras espiando?

Era el dueño de la pizzería, que tenía las manos sobre su vientre abultado y tarareaba la canción de Duran Duran que sonaba en el celular de Min-ki. Se acercaba a ellos moviendo los hombros como un pavo mientras trataba de cantar notas agudas con la boca torcida y caminaba de una manera a todas luces ridícula. Jin-seok miró pasmado esa escena como si presenciara el fin del mundo.

Al día siguiente, la pareja no se presentó al trabajo sin siquiera avisar y al otro día renunciaron. Jin-seok se sintió aliviado, aunque eso le dejó un sabor amargo. El trabajo se duplicó para él, ya que con dos empleados menos se veía obligado a encargarse de las tareas de la cocina y también de atender a los clientes. Encima, debía hacer caso al dueño y aguantar el humo de su cigarrillo cuando salía para tomar aire fresco en los ratos de descanso y tenía la mala suerte de coincidir con él. Debía fingir que prestaba atención cuando le hablaba de cómo le complacía su compañía y lo felicitaba por su rendimiento.

Era aburrido a morir, pero tampoco le desagradaba tanto, y eso se debía en parte al comentario que alguna vez le escuchó.

—Jin-seok, no te avergüences de tus gustos. Eres original. Además, las tendencias siempre vuelven y llegará el día en que lo tuyo sea lo más seguido por la gente. Personas que como tú tienen aficiones particulares y se esmeran en cultivarlas, tarde o temprano obtienen el reconocimiento que se merecen —dijo el dueño riendo.

Sus palabras no fueron precisamente un consuelo para Jin-seok. Pero, extrañamente, lo retuvieron a su lado. Así, trabajó en la pizzería hasta que el establecimiento se fue a la quiebra mientras llegaban nuevos empleados y él seguía teniendo problemas para relacionarse con ellos, u otros se iban y de nuevo se veía obligado a encargarse de todos los quehaceres.

Y cuando creía haber olvidado esa experiencia, aquel hombre, su antiguo empleador, estaba frente a él con su casete de Duran Duran en la mano.

16

—Gracias —dijo Jin-seok haciendo una reverencia.

Lo embargó una mezcla de emociones al ver el viejo casete. Algo de lástima, aunque la barrera que había construido en su interior para defenderse de cualquier estímulo exterior que pudiera lastimarlo, en cierto modo, impidió que ese sentimiento calara en lo más hondo de sí mismo. Además, no era quién para sentir lástima por nadie, mucho menos por otro repartidor que trabajaba en su misma zona. Para Jin-seok ese trabajo era pasajero, pero no así para su exjefe, porque, según pasaban los años, su edad no le daría otras opciones laborales. Por eso sentía lástima por él a la vez que le incomodaba estar a su lado.

—Tengo que irme.

—Este… —dijo el hombre a Jin-seok, que intentaba despedirse—. No lo tiré pensando en ti y un día, cuando ni recordaba dónde lo había guardado, me lo encontré de repente.

—No me habría importado que lo tirara —respondió en voz baja. Estaba determinado a renunciar a sus gustos, ya que su nuevo objetivo era llevar una activa vida social, sin aislarse.

—¿En qué andas metido ahora en tu tiempo libre? ¿Sigues haciendo música? —preguntó el hombre.

Jin-seok se acordó de que antaño le había dicho que componía y que, a fin de reunir el dinero que necesitaba para alcanzar su sueño de ser músico, hacía trabajos a tiempo parcial. Había hecho ese comentario a la ligera un día lluvioso cuando estaban tomándose un descanso fuera de la pizzería y el hombre permanecía atento a sus quejas sobre lo dura que era su vida. ¿Por qué le hablaría de eso? Le parecía desagradable que una aspiración a la que ya había renunciado fuera invocada nuevamente y de esa forma. Quizá percibía la relación entre ambos como cercana cuando para Jin-seok no era más que uno de los jefes que tuvo.

—No. En realidad, nunca compuse nada. Eso de la música fue tan sólo una veleidad de veinteañero —contestó Jin-seok con tono molesto, aunque su interlocutor ni se dio cuenta e hizo un gesto de comprensión moviendo la cabeza de arriba abajo como muestra de empatía.

Jin-seok empezó entonces a observarlo detenidamente y notó en él algo muy poco natural.

—¿Le molesta algo?

—¿Cómo?

—Es que hace rato que está sentado así —le dijo Jin-seok sin poder aguantar más la duda.

El hombre estaba rígido, literalmente hablando. Tenía una cierta falta de coordinación corporal. Su actitud adultocéntrica y su forma de hablar carente de energía contrastaban con su espalda demasiado recta y sus hombros tensos. Parecía un soldado en posición de firmes saludando nervioso al comandante supremo.

—Ah… Estoy tratando de mejorar algo.

—¿Qué? —preguntó pese a que no quería alargar más la conversación.

El hombre también parecía no tener muchas ganas de contestar.

—Hum. Estoy tratando de mejorar mi postura.

—¿Por qué? ¿Sufre de alguna afección de la columna vertebral?

—No. Sólo he pensado que, si mantengo la espalda derecha, tal vez mi vida también podría rectificarse.

—¿Cómo? —preguntó desconcertado, sin encontrar correlación alguna entre lo uno y lo otro. No entendía qué tenía que ver la espalda recta con la vida.

Jin-seok siempre había sido de pocas palabras. No era curioso; por eso casi nunca hacía preguntas a los demás. Aunque resultara extraño, frente a ese hombre, que no era más que el dueño de la pizzería donde había trabajado, no pudo contener el impulso de preguntar. Tal vez por el casete de Duran Duran.

—Suena absurdo, ¿verdad? Lo mismo pienso yo —dijo el hombre relajando los músculos de la cara tras arrugarla unos segundos como si quisiera hallar una buena respuesta.

Inmediatamente, hubo un silencio absoluto entre ambos durante un par de minutos, que habría sido la excusa perfecta para poner fin de la manera más natural a ese encuentro imprevisto si hubiera durado tres segundos más. Pero, cuando Jin-seok estaba acabando de contar hasta tres para sus adentros, el otro cambió de posición. Puso los codos sobre la mesa, se inclinó hacia él y rompió el silencio:

—Este… Jin-seok…

—¿Sí?

—Cuando trabajabas conmigo, ¿qué clase de persona era yo?

—¿Cómo?

—Puedes ser sincero, ahora que ya no somos jefe y empleado.

Jin-seok se quedó pensativo. No sabía cómo contestar ni si podía ser completamente sincero como le pedía. Recordaba todas las situaciones incómodas por las que había pasado al creer a ciegas a esas personas que le decían que eran todo oídos y que esperaban su respuesta más franca. Tristemente, y pese a las experiencias no muy gratas del pasado, estaba a punto de cometer el mismo error.

—¿Con sinceridad?

—Sí, puedes ser totalmente sincero, esto no es ninguna entrevista de trabajo y no tienes que quedar bien conmigo —dijo su exjefe asintiendo con la cabeza.

Jin-seok, decidido, respiró hondo y empezó a hablar.

—Usted siempre estaba enfadado.

—Enfadado…

—Y actuaba como un sabelotodo, entrometiéndose en los asuntos de otros.

—Un sabe… sabelotodo y… entrometido…

—Bueno, eso decían los otros empleados.

—Ah… ¿Y qué más? Puedes contarme todo lo que hablaban. No lo tomaré como tu opinión personal.

—Que era pretencioso.

—¿Qué más?

—Que era tacaño y no ofrecía buenas prestaciones al personal —añadió Jin-seok.

—Fui un miserable —contestó Seong-gon mirándolo con reproche—. Pero ¿teníamos tanta confianza como para que me digas todo esto?

—…

—Lo siento. He sido yo quien te pidió que fueras completamente franco, ¿no?

De nuevo, fluyeron minutos de total silencio. Si abandonaba el lugar en ese momento, Seong-gon podía convertirse en un desgraciado. Por eso Jin-seok optó por seguir hablando:

—Pero ¿por qué pregunta eso?

—Quizá podría ayudarme a cambiar en algo.

Jin-seok observó con ojos suspicaces la extraña postura del hombre hasta que sus miradas se cruzaron. Intuyó que podía haberse percatado de su escepticismo porque, por su parte, estaba convencido de que la gente no cambia.

—Y tú, ¿qué vas a hacer ahora si ya no estás en lo de la música?

La pregunta lo irritó y no quería contestar. Pero su interlocutor parecía esperar su respuesta, desentendido de su estado de ánimo, con cara de inocente. Además, como lo sorprendió desprevenido, no supo cómo esquivarla. Era la primera vez en mucho tiempo que alguien expresaba curiosidad por sus planes de futuro.

—Puede que haga algo en YouTube, aunque no tengo nada concreto.

—No es mala idea, ya que eres un bicho raro. ¿Cómo se llama tu canal?

Jin-seok deseaba salir cuanto antes de tan fastidiosa conversación. Por eso le indicó, aunque casi murmurando, cómo hacer la búsqueda en YouTube para encontrar su canal y sin dilación se despidió. Un minuto después, ya estaba fuera de la hamburguesería.

Esa noche, Jin-seok se acordó de la peculiar rigidez del antiguo dueño de la pizzería y de sus palabras. ¿Cambiaría en algo su vida tan sólo enderezando la espalda? Lleno de dudas, llegó a la conclusión de que, tras la quiebra de su restaurante, ese hombre pudo haberse vuelto loco. Pensar que había sido víctima de sus tonterías lo disgustó.

En realidad, Jin-seok no era muy diferente de aquel hombre en el sentido de que también llevaba una vida desorientada, dejando pasar el tiempo sin más, como si lo único que quisiera fuera eliminar los días que le quedaban por vivir lo más rápido posible. Obviamente, en el fondo esperaba escapar de la situación en la que se hallaba y, después del reencuentro con su antiguo jefe, se preguntó por primera vez en años cuál era su estado actual y por qué no hacía nada para mejorar su vida. Preguntas que había tratado de eludir porque cada vez que se las planteaba le invadían la desesperación y el sentimiento de derrota. Bebió con prisa un vaso de Coca-Cola Zero tratando de olvidarlas. Lo logró. Sin embargo, al sentir el fuerte gas de esa bebida en la mucosa bucal rememoró otra cosa: el nombre del dueño de la pizzería, Andrés Kim Seong-gon. Recordó que se había presentado de esa manera, con su nombre de bautizo católico, al conocerse como jefe y empleado. Pensó que eso no era normal.

Se sorprendió, por tanto, cuando unos días después vio las palabras de ese hombre debajo de uno de los videos de su canal de YouTube. Había, además, un emoji del pulgar hacia arriba y otro comentario oculto con una dirección indicándole dónde vivía y que, si quería, podía visitarlo cuando le apeteciera para comer juntos. Fue grande su sorpresa e imprevista la invitación, pero no le desagradó.

Jin-seok recogió el casete que había tirado en un rincón, lo insertó en su reproductor y pulsó el botón. Cuando las primeras notas de la música grabada en la cinta hicieron vibrar sus tímpanos, sintió que la sangre le hervía. Empezó a cantar haciendo los mismos gestos de siempre al escuchar música y volvió a ser el veinteañero que había sido. Se sintió vivo.

17

El día en que se reencontró con Jin-seok, Seong-gon vivió una serie de situaciones fastidiosas. Aceptó una solicitud de servicio sin fijarse en los detalles. Apenas vio la dirección de entrega, se dio cuenta de que su destino era un edificio cercano al complejo residencial donde había vivido antes. Atravesó la ciudad en su bici como si nada, aunque sentía su mente envuelta en una densa niebla por un trauma del pasado y perturbado por su mascarilla rota debido a vientos repentinos. Así, le quedaban en ese instante una entrega que debía realizar en un tiempo breve y una mascarilla con una cinta floja. Ya en el ascensor del edificio, Seong-gon vio una cara familiar. Era Jin-seok. Lo reconoció enseguida, pese a llevar una mascarilla que le tapaba gran parte de la cara, al ver sus cejas frondosas y sus orejas planas como si alguien las hubiera aplastado con una plancha.

Seong-gon lo recordaba con especial simpatía, sobre todo porque había sido el más fiel de sus empleados, el que permaneció a su lado hasta el cierre de su pizzería. Si Jin-seok estaba enterado o no de ello no era importante.

Dentro del ascensor, lo último que quería era intercambiar saludos; pero, como ocurría muchas veces en su vida, la lengua era más rápida que el cerebro y, cuando quiso darse cuenta, estaba escuchando el sonido de la motocicleta en la que Jin-seok se alejaba después de guardar su número de teléfono en el celular.

Seong-gon consideraba a Jin-seok un joven de pocas palabras. Por supuesto, podía usar otros calificativos para describirlo y referirse a él, por ejemplo, como un chico introvertido con gustos peculiares e intereses poco comunes, a diferencia de sus otros empleados, que solían encasillarlo bajo una única etiqueta: inadaptado.

"Es un inadaptado total", "Su presencia me desagrada", decían. Cuando las escuchó por primera vez a escondidas y por pura casualidad, tales expresiones de rechazo le causaron asfixia. La palabra *inadaptado* sintetizaba con malicia a Jin-seok y todo de él, convirtiéndolo en objeto de desprecio.

Si las personas tuvieran un color propio, el de Jin-seok jamás podría ser uno de matices claros o vivos. Definitivamente, su color era gris. Sin embargo, un gris tan versátil como místico que, según el ángulo desde donde se mirara, podía ser percibido como gris oscuro, gris claro, *greige* (una combinación de gris y *beige*) o gris resplandeciente como el mármol usado en estatuas gloriosas. Los misterios de su ser y de su personalidad no muy difíciles de descifrar mediante una observación breve o detenida, eran neutralizados brutalmente bajo la etiqueta de "inadaptado", que lo categorizaba como una persona que no valía la pena conocer, casi como una materia inorgánica, un trozo de cemento seco sin relevancia.

De ahí el insistente alegato que presentó aunque recibiera la inapelable sentencia de que era un entrometido. La reprimenda que lanzó aquel día, tras mover los hombros como si estuviera bailando, a Eun-ji y Min-ki, desconcertados por aquella conducta repentina.

—Lo que ustedes hacen es poner etiquetas a otros sin el mínimo esfuerzo de conocerlos y juzgarlos, a su antojo, usando una jerga ofensiva llena de aversión. Señalan a los demás con el dedo tachándolos de pedantes, sin darse cuenta de que su conducta es justamente la de unos pesados sabiondos.

Seong-gon se lo reprochó con autoridad. Era evidente que no recordaba que su generación había sido la que empezó a inventarse expresiones, variaciones de lenguajes cotidianos y abreviaciones de uso exclusivo en el espacio cibernético (la llamada "jerga de internet") protagonizando a finales del siglo pasado una cultura tan dinámica como excluyente contra aquellos que no estaban familiarizados con la tecnología y ese vocabulario. Vio entonces cómo Eun-ji, Min-ki y Jin-seok se ruborizaban o palidecían, cada cual por distintas razones.

Fue en ese contexto en el que Seong-gon tomó prestado el casete de Duran Duran de Jin-seok, como un gesto para enseñarles que nadie debía ser atacado o rechazado por no tener una personalidad jovial o por tener gustos raros. Como jefe y persona con más experiencia vital que ellos, pensó que su deber era suavizar el ambiente con algo de humor como un adulto comprensivo. Así, Seong-gon puso punto final a la situación de ese día diciendo:

—A propósito del casete, Jin-seok, préstamelo unos días.

La buena voluntad no siempre garantizaba los mejores resultados. Después de aquel incidente, Seong-gon no volvió a ver más ni a Eun-ji ni a Min-ki y empezó a tener dificultades en el negocio. Al andar de aquí para allá para solucionar los problemas que se le acumulaban y tramitar la quiebra de la pizzería, se le olvidó devolverle a Jin-seok su casete de Duran Duran. Pasaron desde entonces varios años y un día, cuando Seong-gon tiró las cajas que tenía amontonadas en su apartamento en una rabieta de desesperación, el casete reapareció ante sus ojos como si le recordara que ahí estaba. Por eso en el momento en que se topó con el dueño original de ese objeto, por pura casualidad, no pudo evitar decirle que conservaba el casete y que quería devolvérselo.

Sin embargo, tras reencontrarse con Jin-seok en el Burger King dudó si había hecho bien. En parte, se arrepintió de haber deseado percibir algún gesto de alegría de aquel exempleado suyo al volver a verlo o, al menos, unas palabras de agradecimiento por devolverle el casete. Para colmo, la fría evaluación que realizó con cara de amargura sobre Seong-gon como persona y como jefe se le clavó como una bala en el corazón, vulnerable a más no poder por los duros golpes de la vida.

"¿Tan mal jefe fui?", se preguntó con recelo después de despedirse de Jin-seok con un donaire fingido. Le parecía injusto el trato que acababa de recibir de ese exempleado suyo. La consideración que tuvo al dedicarle parte de su tiempo para devolverle personalmente un objeto de valor para él, ¿no era meritoria de algún gesto de gratitud o alegría o, como mínimo, una breve exclamación tipo "¡genial!"? ¿Acaso era demasiado esperar de aquella generación joven reacciones de agradecimiento o de sorpresa?

Además de estar decepcionado, sintió una profunda tristeza por esa juventud. Por Jin-seok, en quien notó una mentalidad perdedora, propia de una persona resignada. Lo recordaba como un chico raro, pero dotado de una unicidad excéntrica. Sin embargo, la actitud que vio en él cuando se reencontraron y la indiferencia con la que hablaba de la música que alguna vez fue su ilusión más grande lo frustraron pese a que no les unía ningún parentesco y no sabía por qué. El único instante en el que notó un brillo en los ojos de Jin-seok fue cuando sacó el casete de Duran Duran. Por eso, a pesar de la extraña decepción que sentía, visitó su canal de YouTube. Un canal aún incipiente, con escasos videos, algunos inéditos de bandas de música que contenían anécdotas que la mayoría desconocía. No obstante, podían apreciarse tanto los gustos como la singular personalidad de su administrador.

—Este muchacho no tiene fuego. O, mejor dicho, sí tiene, sólo que necesita algo que lo encienda —murmuró Seonggon tras poner un emoji del pulgar hacia arriba debajo de uno de los videos.

Para él, Jin-seok era como un cerillo sin usar. Un estímulo bastaría para que se prendiera y alimentara su fuego interior. Pero era un chico incapaz de tomar la iniciativa por sí mismo para cambiar, aunque debía reconocer que así eran todos los que vivían una vida ordinaria, quienes asumían la mediocridad como una condición básica de su existencia.

Ésa fue la conclusión a la que llegó sobre Jin-seok. Con ella cerró el capítulo del reencuentro con él y pasó página. Por eso se sorprendió en extremo cuando, en el momento menos esperado, recibió una visita suya.

18

—Es bastante amplio su apartamento.

—Es suficiente para mí solo.

—¿Le molesto?

—No, en absoluto. Hoy he preferido terminar la jornada antes de lo normal para descansar, por eso estoy en casa a estas horas. ¿Tienes hambre? ¿Qué te apetece? ¿*Jjajangmyeon*?*

—Estoy bien. Sólo pasaba por la zona y me acordé de usted.

—No rechaces mi oferta. ¿Piensas que no tengo dinero ni para invitarte un *jjajangmyeon*?

—Ya he comido. Por su expresión, está más que sorprendido de verme aquí, ¿o me equivoco?

—Es por cómo estás vestido, con tu ropa de repartidor. Me ha desconcertado al verte en la puerta porque por un instante creí que me habían traído comida por error.

—Como el otro día me devolvió el casete y además me invitó a que lo visitara si tenía oportunidad, me pareció una descortesía de mi parte ignorar su oferta. Pero ¿vive aquí solo?

---

* Fideos negros con salsa de soya fermentada. Es un guiso popular, el más representativo de la gastronomía chino-coreana. (*N. de la T.*)

—Por ahora, sí. Es largo de explicar. Estoy tratando de asumir lo inasumible.

—Felicidades por tener un lugar así para usted solo. Si yo fuera usted, lo aprovecharía para emprender cualquier negocio. En mi caso, como vivo con mi hermana, no puedo hacer nada. Y estas cajas, ¿qué contienen? ¿Son mascarillas?

—Oye, no toques eso.

—¿Y qué son esas marcas en el espejo? Tantas *selfies*...¿Por qué todos muestran su perfil?

—Ah, eso. Son parte del proyecto personal que tengo ahora de mejorar la postura.

—Eso me explicó cuando nos vimos, ¿no?

—¿Te parece insólito? Sin embargo, creo que la vida puede mejorar a partir de pequeños cambios, aunque parezcan insignificantes.

—¿Y el primer pequeño cambio que intenta lograr es corregir la postura?

—Sí, aunque todavía no sé si será el primero o el último.

—El intento es lo que vale. ¿Y qué va a hacer después?

—Mira, toda mi vida, al iniciar un proyecto, sea en el plano laboral o personal, pensé en los objetivos y nada más. Así, todas mis acciones tenían algún propósito. Por ejemplo, si ponía en marcha un plan A, era para llegar a la fase B, y completar ésta era para alcanzar la meta C. El caso es que en un momento determinado me pareció vano vivir de esa forma porque, al fracasar a la hora de conseguir el objetivo final, el proceso seguido hasta entonces, de la A a la Z, perdía sentido. Por eso he dejado de fijarme objetivos. He decidido despojar mi vida de propósitos para que la acción o el proceso en sí sea el objetivo.

—¿Eso implica que ya no piensa en el futuro?

—Por ahora, no, aunque tampoco puedo afirmar que nunca más me volverá a importar el porvenir. Sin embargo, a estas alturas de mi vida prefiero no pensar en el mañana, pues he comprendido que, si establezco objetivos demasiado ambiciosos o lejanos, es inevitable sacrificar el presente por el futuro. Por eso quiero mejorar la postura, no para alcanzar un objetivo superior, sino para seguir haciendo lo que hago a diario para enderezar la espalda y lograr cambiar cada día, aunque sea poco a poco.

—…

—Disculpa. He hablado más de la cuenta. No te he invitado para contarte mi vida, ¿no?

—No se preocupe. Lo entiendo.

—Gracias. Pero no es fácil hacer todo yo solo, desde ponerme derecho contra la pared hasta activar el temporizador de la cámara del celular. Lo peor es que tengo que repetir el mismo proceso varias veces para obtener una foto que, aunque no sea perfecta, sea al menos decente. Sería bueno tener a alguien que pueda fotografiarme y comprobar si he mejorado en algo.

—¿Qué le parece si yo paso por aquí de vez en cuando y le saco fotos?

—¿Tú?

—Bueno, una vez a la semana no estaría mal. Tampoco le vendría mal tener una opinión ajena sobre su progreso.

—Hum.

—No necesito nada a cambio. Es que me gusta la idea de llevar a cabo una acción con constancia sin ningún objetivo en particular.

—¿De verdad?

—Además, tengo una deuda con usted.

—¿Una deuda?

—¿Se acuerda de aquel día, poco antes de cerrar el restaurante? Le pedí que me pagara y usted me dio todo lo que tenía en su cartera, incluso monedas. Me dio el salario más un dinero extra diciendo que comiera algo rico en mi último día de trabajo. Me sentí apenado.

—¡Qué ingenuo eres! Eso no es deuda. Cobraste lo que te correspondía.

—En aquel entonces, pensé lo mismo. Pero después, rememorando lo que ocurrió, me di cuenta de que había sido muy inmaduro. Sobre todo, mi forma de hablar. Fui un niño.

—Aún lo eres. Estás verde y sigues sorbiéndote los mocos.

—También hacía donaciones caritativas. Recuerdo el frasco que teníamos frente a la caja, donde los clientes podían meter el cambio o las propinas, y de cómo usted enviaba de cuando en cuando el dinero reunido a un centro de bienestar social. Y, si mal no recuerdo, donaba también parte de las ganancias para estudiantes endeudados por préstamos educativos.

—Sí, me acuerdo de eso ahora que lo dices. Pero a estas alturas todo me parece un sueño.

—Puede que no sea gran cosa, pero es el recuerdo de esos detalles lo que me queda de esa época.

—…

—En fin, si no le incomoda, yo podría venir de vez en cuando para tomarle fotos y comprobar cómo le va. Pero aquí tiene mucho espacio. Las cajas colocadas así pueden servir como un escritorio. ¿Qué le parece?

—Si tú lo dices…

—En un lugar como éste podrían surgir muchas ideas. Sería genial si yo pudiera aprovecharlo para despejar la mente y trazar potenciales planes para mi vida.

—Hazlo.

—¿Habla en serio?

—Por supuesto. No veo ningún problema, ya que es un espacio que nadie usa. Sólo fijemos algunas condiciones por escrito. Por experiencia, sé que establecer términos claros es muy importante, máxime entre personas cercanas, porque compartir un espacio limitado puede ser motivo de pequeñas fricciones que luego pueden convertirse en conflictos graves. Y creo que eso puede evitarse si hacemos previamente un pacto.

—Por mí, está bien.

—Primero, no necesitas pagar por usar este espacio. Segundo, cada uno paga su comida. Tercero, debes respetar siempre el horario de estancia acordado con antelación. Y cuarto, no deberás objetar cuando te pida que dejes de venir, aunque lo haga repentinamente, sin aviso previo.

—De acuerdo. Acepto todas las condiciones. Al fin y al cabo, lo dije a la ligera y hasta me extraña que usted me permita acceder a su espacio personal con tanta facilidad.

—Bueno, tener compañía ocasionalmente no me hará mal, ya que la mayoría del tiempo estoy solo.

—Esto podría usarse como mampara.

—Oye, ¿ya estás acomodándote?

—Ya que estoy aquí...

—¿Eras tan hablador? Entonces, cuando trabajabas en la pizzería, ¿lo tuyo era un silencio deliberado?

—No sé. Tal vez somos más compatibles de lo que imaginamos y por eso estoy hablando tanto.

—Deja de mover las cajas. ¿Es posible que ya estés creando tu zona?

—Hace tiempo que no lo veía reír. Se le ve mucho mejor.

—¿Dices que me he reído?

—Sí.

—Y tú, ¿por qué te ríes?

—¿Yo me he reído?

—Sí, y también pareces mucho mejor así.

Al comienzo se notaba claramente que vacilaba. Sin embargo, con el paso de los días, Jin-seok acudía con más frecuencia, hasta que empezó a frecuentar el apartamento con total naturalidad y desenvolverse en él como si fuera su propia guarida. Mientras tanto, fotografiaba todos los días el perfil de Seong-gon, imprimía las imágenes y las pegaba en la pared.

Contrariamente a lo que había anticipado al principio suponiendo que su compañía sería molesta, Seong-gon podía afirmar que su pequeño proyecto personal se desarrollaba de una manera más sistemática y a ritmo constante gracias a esa otra persona que estaba atenta a su progreso. En su rincón, Jin-seok pasaba horas con su computadora portátil y sus auriculares inmóvil, casi como una estatua.

—Pienso poner en marcha aquí un proyecto nuevo, sea el que sea. Cuando me habló por primera vez sobre su idea de mejorar la postura, me pareció absurda. Pero, tomándole fotos cada día, me da la impresión de que no es en absoluto insignificante lo que está haciendo. Aunque de momento no puedo decirle mucho, estoy haciendo mis propias investigaciones para crear contenidos originales. Se lo contaré cuando tenga planes más concretos.

Por mucho que insistiera Seong-gon en que podía tutearlo, seguía tratándole de usted. Decía que había una diferencia de edad demasiado grande como para tutearlo. No obstante, el muro invisible que antaño impedía acortar la distancia

101

entre ambos cuando eran jefe y empleado ya no existía y Seong-gon conocía mejor a Jin-seok. A esas alturas, ya sabía que no era tan tímido como creía. Si el ambiente se relajaba o se encontraba con alguien con quien sintonizaba, se volvía parlanchín. Incluso mostraba interés, a ratos en exceso, sobre vidas ajenas, aunque las oportunidades para revelar ese lado oculto de su personalidad eran escasas. De todos modos, no había duda de que era un muchacho con encantos propios.

En la pared iban aumentando las fotos de Seong-gon tomadas por Jin-seok. A simple vista todas eran casi idénticas, pero, examinándolas con detenimiento, era posible notar el cambio: la espalda se enderezaba poco a poco, tenía menos barriga y empezaba a corregirse la postura de los hombros caídos.

Una vida con un solo objetivo era simple y clara. Seong-gon viajaba por la ciudad en su bici recibiendo el viento directamente en la cara para entregar comida a domicilio, comía deprisa entre un pedido y otro y a veces trabajaba de más para no pensar en otras cosas. La vida que llevaba se reducía a lograr su objetivo sin otra cosa que un cuerpo más o menos saludable. Como lo único que tenía que hacer era mantenerse vivo, no había por qué sentirse avergonzado o caer en el autodesprecio ante los fracasos. Y, después de un tiempo de permanecer en ese estado, soportaba bien el día a día.

Cuando el invierno empezaba a remitir para dar paso a la primavera, Seong-gon comparó una foto antigua con otra más reciente colocándolas hacia donde caía la luz del sol. Las siluetas en ambas imágenes estaban casi solapadas, sin mostrar gran diferencia y, al verificarlo, Seong-gon sonrió. Era una sonrisa de satisfacción, ausente desde hacía mucho tiempo en su rostro.

19

El distrito en el que Seong-gon trabajaba como repartidor era el barrio en el que vivía antes, donde, entre áreas residenciales y una pequeña zona comercial, se concentraban tanto tiendas como academias de estudios y de clases de apoyo escolar. Un día, por pura casualidad, fue a hacer una entrega al edificio de la escuela infantil a la que había acudido su hija Ah-young. Allí lo invadieron emociones entremezcladas, sobre todo porque ese lugar le recordaba a ella cuando apenas empezaba a caminar.

El edificio ya no era una escuela infantil, sino una academia de inglés. Al llegar a ese lugar, Seong-gon vio que los administradores entrevistaban a los candidatos para el puesto de conductor del minibús que proporcionaban para recoger y llevar de vuelta a casa a los estudiantes. Por eso en el vestíbulo había muchos hombres de mediana edad o incluso mayores esperando su turno. Seong-gon los miró con disimulo. Todos parecían cansados. Todos, hombres en sus cincuenta o sesenta que, si fueran representados con colores, serían marrón rojizo, jamás un color vivo o claro, ya que era imposible esperar algún tipo de vitalidad en varones de esa edad.

Entre todos ellos, Seong-gon se fijó en un hombre en particular. Era también marrón rojizo. Es más, estaba vestido de ese color: con chamarra y sombrero de tonos similares y zapatos viejos marrón grisáceo. Era delgado y tenía arrugas muy marcadas en la cara. Lo especial de ese hombre era que, en vez de tener los ojos cerrados de aburrimiento, bostezar a cada rato o tener la vista fija en la pantalla del celular, contemplaba una planta. Nadie le prestaba atención; por tanto, su comportamiento no era fingido. Seong-gon, ignorando las razones por las que no podía dejar de mirarlo, entregó una bolsa grande con cinco raciones de *pho** a uno de los docentes de la academia y salió de allí. En su camino hacia la puerta, vio cómo ese hombre entraba a la sala de entrevistas con cara de buena persona. Cada uno de sus gestos y movimientos denotaba humildad y se preguntó a qué se debería. Sin embargo, enseguida reprimió sus dudas con el mismo escepticismo de siempre. ¿Acaso se comportaría igual todo el tiempo? No. Lo que mostraba era una conducta socializada que todos estaban forzados a adoptar en circunstancias relacionadas directamente con la supervivencia y el dinero, como una entrevista de trabajo. Al menos, así quería creerlo.

Pasado un tiempo, Seong-gon volvió a verlo mientras esperaba a que cambiara la luz del semáforo en un cruce peatonal. El nuevo conductor de la academia de inglés recibía con mirada afectuosa y amable a los estudiantes que salían en masa del edificio.

---

* Plato de fideos de arroz con caldo de ternera originario de Vietnam. (*N. de la T.*)

Todo él emitía una energía sólida, inexplicablemente positiva. Quiso entenderla como entusiasmo de principiante, subestimarla con el argumento de que su soltura y su naturalidad derivaban de la alegría de, por fin, tener empleo en una etapa difícil. Y, disimulando una sonrisa sarcástica, pedaleó más fuerte de lo habitual para alejarse de aquel hombre.

Después de ese día, se encontró con él con frecuencia por las noches al rondar cerca de la academia. Era testigo, por tanto, de cómo jamás perdía su sonrisa pacífica al guiar a los estudiantes del edificio al minibús y de cómo no cambiaba casi la expresión de benevolencia en su rostro incluso durante el tiempo que pasaba frente al volante. Cuando no tenía nada que hacer, miraba los brotes en las ramas de los árboles o las hojas jóvenes de las plantas. Un día, la mirada de Seong-gon, parado en una intersección, se cruzó con la del hombre. Éste lo saludó de forma automática con los ojos e inclinando ligeramente la cabeza. Aturdido por tan espontánea acción, Seonggon hizo sin querer una mueca que podría haber sido percibida por el otro como un saludo y se alejó como si escapara.

Una noche, después de varios días, mientras caminaba con una bolsa de *mandu,** vio al hombre guiando a los niños de la academia de inglés. La avenida estaba congestionada y los estudiantes caminaban cansados, distraídos y sin poder mantenerse en fila. La situación era peligrosa, máxime con las motocicletas adelantando a los coches parados en la vía desordenadamente. Un solo descuido podía poner en riesgo a los niños; sin embargo, y aun en aquel caos, el hombre mantenía la calma. Como si tuviera ojos hasta en la nuca, se

---

* Comida coreana consistente en masas rellenas, tipo *dumplings* o empanadas, que pueden cocerse al vapor, en agua o freírse. (*N. de la T.*)

cercioró de que todos los niños estuvieran seguros y azuzó suavemente a los que se habían salido de la fila. En cambio, lanzaba una mirada fría a los descuidados motociclistas similar a la de un jefe reprendiendo a sus subordinados. Tal actitud frustró a Seong-gon, que esperaba notar en él fatiga tanto física como emocional, o al menos algún gesto de irritación como el que cualquiera mostraría en una situación similar. En realidad, Kim Seong-gon estaba más que abatido ese día. Todo le había salido mal. No pudo comer nada esperando solicitudes de servicio, pero hubo pocas en relación con el tiempo invertido. Encima, los *mandu* que había comprado para cenar empezaban a ablandarse con la humedad. Pensar que al llegar a casa ya estarían pasados lo disgustaba. Se exasperó porque el hecho de tener que ingerir una comida de tan baja calidad después de una tarde entera llevando comida caliente para otras personas le parecía una mala metáfora de su vida.

—Oye, Park, come, que yo me encargo del resto —gritó otro empleado de la academia de inglés al hombre de sonrisa pacífica.

Pero éste le contestó con voz serena que no se preocupara por él y se concentró de nuevo en guiar a los alumnos. Kim Seong-gon se paró frente al hombre, que velaba por la seguridad de aquellos estudiantes incluso saltándose la comida y sin perder la sonrisa, que se encargaba personalmente de abotonar los abrigos de cada niño y subirlos al minibús. Era evidente que ya se había ganado el corazón de los pequeños porque hasta chicos en plena pubertad lo saludaban con respeto y el hombre les devolvía el saludo con una gran sonrisa, como si sólo con verlos sintiera el estómago lleno. La suya era una sonrisa inalterable, un don innato de personas que por naturaleza tenían una personalidad cálida y apacible.

A lo largo de su vida, Kim Seong-gon sólo había conocido a dos personas así: el joven cura de la iglesia a la que iba en su infancia y el dueño del humilde puesto de comida ligera que solía frecuentar cuando cursaba la secundaria. Ellos abrazaban sonrientes cualquier adversidad que la vida les traía, pero su bondad fue la causa de su sufrimiento. El sacerdote, que era amable con todos, se vio obligado a dejar la parroquia al ser víctima de rumores maliciosos que lo acusaban sin pruebas de mantener relaciones indebidas con una creyente, mientras que el otro, que era generoso aun con clientes maleducados o caraduras que no querían pagar, tuvo que cerrar su negocio y enfermó por la traición de un amigo para el que se había ofrecido como garante de un crédito.

Ser bueno era ser débil y los débiles estaban destinados al fracaso, para, al fin, rezagarse respecto a los demás. Ésta era la premisa vital que sostenía Kim Seong-gon. Y, repitiéndola para sí, analizó de nuevo la actitud de aquel hombre. ¿Estaría resignado? ¿Tan golpeado por la vida que no deseaba más que ese trabajo precario que tenía y mantener ese estado de cero aspiraciones, sin nada a lo que aferrarse? Más allá de lo que imaginaba, la calidez en su rostro no se borraba.

De repente, Seong-gon sintió ganas de imitar su sonrisa y puso en práctica lo que había aprendido observándolo. Relajó los ojos y la boca y estiró los labios hacia las orejas. En ese instante, su mirada chocó con la de un estudiante que salía de sus clases. El niño se quedó paralizado como si se hubiera electrocutado, pero enseguida reaccionó y se alejó de él corriendo como si eludiera el contacto con algún material nocivo. Perturbado y avergonzado, Seong-gon borró la sonrisa en su rostro.

En su camino de regreso a casa, le entró una fuerte curiosidad por saber qué había provocado tanto pánico en aquel niño. Por eso esa noche se puso frente al espejo y sonrió. Lo que vio, sin embargo, no era lo que esperaba.

Sí, estaba sonriendo, pero se veía raro. Las comisuras de los labios no estaban levantadas, sino hacia abajo. Si en el sentido más estricto sonreír implicaba curvar un poco la boca estirando horizontalmente los labios, lo que hacía era mover los músculos de la expresión facial más bien verticalmente, o, mejor dicho, hacia abajo. Tanto que el pliegue nasolabial no mostraba surcos lineales oblicuos, sino rectos, casi como un once.

"Tengo el sistema binario en mi cara", murmuró. Si quisiera representar su cara con signos y números, sólo tenía que dibujar un círculo grande y agregar dentro otros más pequeños y planos o unas cuantas elipses y escribir el número once tanto en el entrecejo como desde la parte inferior de la nariz hasta los dos extremos de la boca. Pensó que una sonrisa artificial dibujada en un rostro así sí que podría dar miedo.

—¿Qué está haciendo? —le preguntó Jin-seok, que se le acercó sigilosamente.

—¿Cómo me ves? —respondió Seong-gon con otra pregunta distinta.

—Hum.

Ambos miraron el espejo.

—Está… sonriendo, ¿no?

—Bueno, lo estoy intentando.

Jin-seok se frotó la barbilla con perplejidad y movió la cabeza de un lado a otro expresando confusión.

—Dime. ¿Qué te parece?

—¿Sinceramente?

—Por supuesto.

—Mal, muy mal.

Seong-gon dejó de sonreír.

—Esto no debería ser tan difícil, ¿o sí?

—No sé qué es lo que intenta hacer ahora, pero ¿no son las expresiones faciales un reflejo de las emociones? —contestó Jin-seok escuchando sus quejas.

—¿Emociones?

—Me refiero a que aprender a sonreír puede ser mucho más difícil que corregir la postura, porque, mientras que eso puede lograrse enderezando la espalda, no podrá cambiar las expresiones faciales sin sentir emociones genuinas.

20

Esa noche comenzó el reto de la sonrisa agradable de Seong-gon. Tras activar el modo *selfie* de la cámara de su celular, ensayó diversas formas de sonreír: la sonrisa normal, la despreciativa, la falsa, la sonrisa de Duchenne, la dulce, la emotiva... Imaginando las situaciones en las que cada una resultaría más adecuada, se sacó fotos. Quería analizar cada una para mejorar su sonrisa.

Lamentablemente, al comprobarlas no pudo evitar reírse de lo tonto que se veía. Su expresión facial era la misma en todas ellas. Parecía un actor sin talento. Si la vida era un escenario de teatro y él era tan mal actor, la desdicha de su personaje Kim Seong-gon se debía en gran parte a su manera tan torpe de sonreír o la falta de expresiones afables en su rostro.

—¿No tiene fotos más antiguas? —se entrometió Jin-seok sin aviso—. La foto que estaba colgada en la pizzería. Aquella que se sacó en la inauguración del restaurante. Ahí sí que tenía buena cara.

Guiado por este comentario, Seong-gon rebuscó entre sus archivos en la nube y encontró aquella foto, tomada cuando abrió el establecimiento frente a unos ramos de flores que le habían enviado para felicitarlo por su negocio. Aunque era el comienzo de un nuevo proyecto después de varios fracasos, se podía notar en su rostro tanto una firme confianza en sí mismo como un espíritu emprendedor.

De nuevo, se sumergió en los recuerdos del pasado guardados en su computadora para encontrar allí alguna pista hasta que dio con un video. Era la grabación de una fiesta de fin de año organizada en la empresa matriz de la franquicia a la que pertenecía su pizzería poco después de la apertura del local. Había un ambiente exaltado con alegres adornos navideños mientras sonaban los villancicos y los asistentes conversaban animadamente. Frente a ellos, Seong-gon tomó la palabra. Deseó felices fiestas a todos, alentándolos a que cumplieran sus resoluciones de año nuevo. Nada especial. Pero algo le sorprendió: la sonrisa espontánea que no se borraba de su rostro incluso al saludar a personas frente a quienes debía mantener los formalismos. Una sonrisa sincera, genuina y, sobre todo, natural.

Frustrado, detuvo el video. Era obvio que ya no podía sonreír de esa manera, ya que lo que hacía posible ese gesto eran la autoconfianza, la esperanza y la satisfacción personal, cualidades o estados de ánimo que en las condiciones en las que estaba era imposible tener. Lo que mejor le encajaba eran las profundas arrugas verticales en el ceño, que no podía suavizar aunque se esforzara, y mucho menos eliminarlas. Simbolizaban su edad y su realidad.

Seong-gon, sintiéndose decaído de repente, fue testigo de cómo su cara cambiaba de seria a sombría y de sombría a triste, y frente a esa transición no pudo contener la risa. No podía creer que, incluso en un estado de desaliento y tristeza, su rostro permaneciera inexpresivo. Le costaba encontrar diferencias respecto a las otras fotos que se tomó tratando de sonreír. Antes, cuando estaba deprimido, la depresión se le notaba en la cara y, cuando estaba decaído, su expresión facial delataba claramente tal estado de ánimo. Pero ahora nada podía alterar su rostro, ni las lluvias torrenciales ni las nevadas imprevistas, tampoco las alegrías o la tristeza. Parecía imperturbable.

"Esto no debería ser tan difícil, ¿o sí?" Seong-gon murmuró esta frase que se había convertido en una de las más recurrentes en su vocabulario diario. Y, acordándose del conductor de la academia de inglés, reafirmó su espíritu de reto y renovó su pasión por el cambio porque no podía concebir la idea de vivir el resto de su vida con una misma expresión para la felicidad y la tristeza. Resuelto a ganar esa batalla personal, Seong-gon lanzó una sonrisa estudiada hacia su reflejo en el espejo.

En ese instante sonó un timbre. Levantó la cabeza y vio a Jin-seok con un palo *selfie* en la mano. La lente de la cámara lo enfocaba.

—Les presento a mi jefe. Bueno, mi exjefe, para ser más exacto —hablaba Jin-seok con una voz llena de entusiasmo.

—Oye, oye. ¿Qué estás haciendo?

El atrevimiento de su compañero de apartamento tomó por sorpresa a Seong-gon, que, como reacción natural ante la cámara, se cubrió la cara con los brazos, como hacían los delincuentes cuando la prensa los acosaba.

—No es una transmisión en directo, así que no se preocupe. Estoy haciendo una grabación, pero decidiré si publicarla o no después de editarla. Por supuesto, nunca sin su consentimiento.

—Pero ¿para qué es la grabación?

—Es un video para mi canal de YouTube. Lo he activado de nuevo y una idea que tengo es contar de vez en cuando con invitados.

—¿Y el primer invitado soy yo?

—Sí —respondió Jin-seok riendo ingenuamente—. El tema del canal es música pop de los ochenta y creo que, teniendo como primer invitado a una persona que vivió en carne propia esa época, podría llamar la atención.

—¿Y qué vas a hacer después de llamar la atención?

—Bueno, es una táctica para atraer suscriptores y ganar dinero —dijo Jin-seok con ligereza. Y Seong-gon sacudió la cabeza como muestra de desaprobación.

—No es bueno perseguir únicamente el dinero desde un comienzo. Debes encontrarle algún sentido a lo que haces —le aconsejó.

—Sé de lo que me habla. Pero creo que tendré tiempo suficiente para darle significado una vez que empiece a ganar dinero.

Seong-gon miró al muchacho con ojos serios.

—Yo también pensaba como tú. Pero las personas a las que les va bien, me refiero a esas que disfrutan de un éxito duradero en vez de uno efímero, son aquellas que sí le encuentran un sentido a lo que hacen. Es una ley de vida. Los castillos construidos sobre arena se derrumban algún día, recuérdalo. El éxito basado sólo en la suerte y en el azar, aunque dulce, se desvanecerá pronto y te hará mal, como la comida chatarra.

Seong-gon percibió un sabor amargo en la punta de la lengua. Aconsejar era fácil porque podía mirar la vida ajena con objetividad, desde lejos.

—Ya que lo dice, ¿qué significado guardan los retos que se ha impuesto? —preguntó Jin-seok.

—Ninguno. Lo que hago es importante para mí porque carece de sentido.

—¿No cree que su cambio podrá inspirar a otros? ¿Y qué tal si habla de ello de cuando en cuando en mi canal de You-Tube?

—Los contenidos de YouTube deben tener intenciones puras. Además, no quiero verme influido por comentarios de gente desconocida —dijo Seong-gon recordando el hastío que experimentó cuando su pizzería sufría las traumáticas evaluaciones que los consumidores dejaban en las aplicaciones de pedidos de comida.

Sin embargo, y aunque lo dijo tajantemente, Seong-gon dudaba. Su violinista favorita, Hilary Hahn, había subido videos de ensayos todos los días tras anunciar que llevaría a cabo cien días seguidos de práctica, y viéndola se asombró de cómo una artista ya consolidada se esforzaba tanto. Definitivamente, tener audiencia, es decir, gente atenta al progreso de uno, reforzaba la decisión y motivaba a la materialización de la voluntad. Pero Seong-gon no quería más audiencia que Jin-seok. Sabía que en el mundo de las redes sociales la mirada ajena y los comentarios de terceros podían ser tanto un estímulo positivo como una mano manipuladora invisible con un poder de control ilógico sobre las personas. Y lo último que deseaba era vivir pendiente de las evaluaciones de otros. Así, mientras vacilaba entre la expectativa de aprobación y el veneno de la mirada ajena, Jin-seok le dijo:

—Qué lástima. Y eso que hoy en día los que triunfan son los *buscadores de atención*.

—No sé tú, pero a mí me incomoda muchísimo ese término, así que te pido que evites usarlo. También la palabra *aversión* y los neologismos que se refieren despectivamente a un determinado grupo de personas o a individuos de conducta o características peculiares. Esto no lo digo porque haya vivido más que tú. Te lo diría también aunque tuviéramos la misma edad. Detesto que la gente resuma cualquier conflicto mediante el término *aversión* o que desprecie verbalmente a otros o a sí mismos con objetividad fingida. Me parece una conducta de muy poca clase y nada franca.

Jin-seok movió tímidamente la cabeza de arriba abajo para disimular que se arrepentía de haber hecho el comentario sobre los buscadores de atención.

—Tampoco me gustan esas expresiones. Las uso porque todo el mundo las conoce y con ellas es más fácil comunicarse hoy en día. Pero entiendo lo que me dice —contestó Jin-seok—. De todos modos, si cambia de parecer, avíseme. En mi opinión, usted es un personaje muy interesante —continuó, tras permanecer unos segundos pensativo, antes de regresar a su rincón con cara de expectación.

21

—¡Estás muy bien! ¡Has mejorado con la edad!

Alguien le gritó esto una mañana que Seong-gon salía para atender una solicitud de servicio. Era el portero de su edificio, al que solía saludar sólo con los ojos muy de vez en cuando; aunque debió de ser un comentario hecho sin reflexión, pues el hombre se dio la vuelta nada más decirlo para subir por las escaleras. Seong-gon se quedó parado sin saber cómo reaccionar. Pero enseguida se le escapó una risa suave y surgió en su interior una alegría pura, no de esas meditadas como las que experimenta un inversor al mejorar la rentabilidad de sus acciones, sino una alegría primitiva y plena como la de un niño frente a un paquete de golosinas. Así pasó toda la mañana sonriendo.

Lamentablemente, la sensación de satisfacción se desvaneció por la tarde como aire que se escapa de un globo mal atado. Seong-gon le contó a su compañero de apartamento lo que le había sucedido.

—No me sorprende, porque el portero no es una persona importante para usted.

El comentario que Seong-gon obtuvo de Jin-seok fue más simple de lo que había anticipado; por eso no pudo decir nada.

—¿Será...?

—Habría sido diferente si hubiera sido un familiar suyo. ¿Por qué siempre es más difícil dar nuestra aprobación a nuestros seres queridos y reconocer sus méritos? Alguien debería hacer una investigación al respecto.

Seong-gon quería señalar que ya debían de existir muchas tesis sobre temas relacionados y que, por muchos estudios que se hicieran, nada cambiaría. Sin embargo, prefirió callarse. ¿Resultaba un patrón de conducta común de la raza humana herir a las personas cercanas? Eso ocurría en todas las familias. Y eran también las mismas las razones por las que todos, aunque por fuera lucieran enteros y sin defectos determinantes, guardaban algo podrido en su interior que se alimentaba del remordimiento de no dar a las personas más preciadas de sus vidas el trato que se merecían, de arañarlas, ofenderlas y apuñalarlas con palabras. En ese sentido, Seong-gon era culpable.

Entonces, se dibujó en su mente el rostro de una persona: su mayor víctima. De repente, la echaba muchísimo de menos.

22

Ran-hee, en la caja, saludó cordialmente al cliente. Estaba muy satisfecha con su nueva etapa de vida, también de su trabajo como cajera en la sección de alimentos de una tienda departamental. El local, recientemente remodelado, era limpio, al igual que el uniforme que tenía puesto. Lo que más le gustaba eran la gorra de diseño impecable y los guantes hechos de una tela muy suave. Las condiciones de trabajo eran excelentes. Había sillas donde sentarse cuando no había clientes y una sala de descanso. Lamentablemente, los ratos libres eran escasos; por tanto, estaba casi todo el día de pie y no tenía tiempo para disfrutar de un poco de tranquilidad en la sala de descanso, aunque eso le daba igual.

En la tienda siempre sonaba una música alegre pero relajante. Los clientes, vestidos elegantemente, compraban alimentos y artículos de primera necesidad que mejoraban la calidad de vida y Ran-hee los ayudaba. Graduada en la universidad, había trabajado en una reconocida empresa de mercadotecnia y había ido obteniendo ascensos. Pero, después de interrumpir su carrera por el matrimonio y la maternidad, le fue imposible encontrar un empleo fijo. Su trabajo actual, si bien no era lo que quería, no estaba mal, sobre todo para esa nueva etapa de su vida. La gente la trataba bien, con respeto, y no mantenía ninguna atadura con el pasado. Todos los días eran como esos paseos de madrugada en los que era posible llenarse de aire fresco y alentarse a sí misma diciéndose que todo iría bien.

Súbitamente, la silenciosa estabilidad de Ran-hee se quebró. Un cliente puso una bolsa de gomitas de Haribo. Aquellas golosinas le gustaban; por eso sintió una tímida alegría, y pensó que era extraño que alguien trajera tan sólo un producto a su caja cuando había otras rápidas con sistema de pago automático. Con una sonrisa amable, Ran-hee acercó el lector de códigos de barras a la bolsa de gomitas. Pero entonces se fijó en la mano del cliente. Le resultaba familiar: dedos fuertes y gordos, como si hubieran estado dentro del agua durante demasiado tiempo.

"No puede ser", se dijo Ran-hee. Y vio la tarjeta de crédito que le extendían esos dedos. Era de un banco conocido y llevaba una fecha de expiración familiar, para la que no quedaba mucho. Deseando que su intuición fallara, Ran-hee se armó de valor y levantó la cabeza. Difícilmente contuvo el pequeño grito que por poco se le escapa del susto.

—Excelente trabajo.

Le hablaba el desgraciado. Ran-hee le quitó de malos modos la tarjeta y procedió al cobro. Se sintió humillada. Le había dicho dónde trabajaba, pero jamás imaginó que pasaría por allí.

—Son 2,950 wones. No tiene millas para usar. Tampoco las acumula. Aquí tiene el comprobante, puede tirarlo si lo desea.

Ran-hee soltó casi sin respirar toda la información de la suscripción que sabía de memoria de ese hombre. Se sintió aliviada porque la cajera de al lado estaba en el baño y no había nadie más alrededor. "Excelente trabajo", se repitió por dentro. Sean cuales fueran sus razones al decir eso, no lo pudo tomar bien.

—Me alegro de que estés bien —siguió hablando ese hombre que por ley aún era su marido.

A Ran-hee le desagradó su forma de hablar, cómo pronunciaba sin claridad las últimas sílabas. Lo miró con frialdad. Le notó la cara algo flácida y el pelo más largo, que, como siempre, tenía mal peinado. Sin apartar de él su mirada punzante, le devolvió la bolsa de gomitas casi tirándola.

—Vete ya —gruñó Ran-hee, esperando que se acercara otro cliente para salvarla de esa situación. Para su mala suerte, no había muchas personas en esa sección de la tienda y por reglamento no podía exigir al cliente que se fuera.

Seong-gon abrió la bolsa de gomitas y se la acercó.

—¿Quieres?

Le dieron ganas de insultarlo, pero se reprimió. Tensó la boca y sacudió la cabeza mientras el familiar olor de las gomitas estimulaba su olfato.

—Lo haces muy bien. El trabajo te sienta bien —dijo Seong-gon como un robot con la bolsa de gomitas en la mano.

La mirada de Ran-hee se volvió agresiva. Dentro de ella se encendió la alarma. El corazón le gritaba "¡peligro!, ¡peligro!". Si alguien actúa diferente o habla de una manera que jamás hizo, hay que sospechar, porque o bien viene a pedir un gran favor o está a punto de morir. Su marido legal se quedó mirándola hasta que llegó su salvador: un nuevo cliente cuya presencia en la caja lo obligó a dar unos pasos hacia atrás.

El corazón le empezó a latir con fuerza. Quería eliminar de su vida los años que había vivido con él y todo lo relacionado con esa época, salvo su hija.

Pero no todo había sido malo. Había habido también momentos bonitos, recuerdos que le evocaban nostalgia o tristeza. Al pensar así, en el corazón de Ran-hee, que hasta hacía unos minutos parecía un mar tranquilo, surgieron unas olas gigantes de arrepentimiento.

Pensó en lo pálido que estaba su marido y, antes de que se diera cuenta, estaba mirando alrededor para localizarlo. Fracasó, pues no lo pudo encontrar entre compradores vestidos de colores vivos. Eso la alivió y la frustró al mismo tiempo. El nuevo cliente le entregó su tarjeta de crédito, irrumpiendo sus pensamientos. Ran-hee se lo agradeció por dentro, porque gracias a él pudo superar la conmoción que le dejó ese breve y accidental encuentro con quien todavía era su marido.

23

Para Andrés Kim Seong-gon, Ran-hee era el amor de su vida, o, mejor dicho, lo fue en una época. Entonces creyó poder sacrificar cualquier cosa por ella.

En el foro cibernético de aficionados al cine donde se conocieron, siempre protagonizaban acalorados debates. Discutían sobre quién era más grandioso: Steven Spielberg o Martin Scorsese. Seong-gon no podía aceptar que Ran-hee eligiera a Spielberg ante Scorsese. Hasta comienzos o mediados de la década de 2000, Spielberg era un icono popular y sus películas no eran valoradas como obras de gran calidad cinematográfica. Para ser reconocido como un artista con el éxito en crítica y taquilla de *La lista de Schindler*, Spielberg era aún joven, y sus películas, demasiado divertidas. En otras palabras: no eran arte, sino entretenimiento.

A Seong-gon no le gustaban las películas de Spielberg porque delataban la intención del director y cómo quería que el espectador reaccionara emocionalmente. Según sus estándares, las películas que no permitían interpretaciones diversas y que eran como un manual de instrucciones elaborado por el realizador para el público de ninguna manera podían ser consideradas arte. Las obras de Scorsese, en cambio, sí lo eran y no necesitaban explicaciones complementarias. No obstante, Ran-hee no se daba por vencida y sermoneaba sobre la grandiosidad y el talento artístico de Spielberg, citando como ejemplos casi todas sus películas, incluso *1941*, de la que su propio realizador se avergonzaba. Por lo general, esas discusiones se extendían durante horas. Y un día se alargaron más de lo habitual y ambos chatearon por privado, fuera del foro, hasta la madrugada. Al no poder concluir el debate, quedaron en encontrarse en persona para seguir con la discusión.

Para reconocerse, ya que sólo se conocían por internet, quedaron en que Ran-hee iría a la cafetería donde acordaron encontrarse con una lata de Demi Soda sabor a limón en la mano, porque su identificación de usuario era "demi soda7459". Una combinación entre el nombre de una soda y los cuatro últimos dígitos de su número de celular que claramente reflejaba una grave falta de creatividad. Cuando llegó, Kim Seong-gon estaba comiendo su cuarta mandarina de las ofrecidas gratuitamente por el dueño de la cafetería. En su cabeza tenía trazadas las tácticas para contrarrestar los argumentos de la oponente, mientras se repetía los sublimes detalles de las películas de Scorsese, que eran las municiones que necesitaba para ganar esa batalla. Sin embargo, se neutralizó al ver a Ran-hee, que subía las escaleras sosteniendo la lata de Demi Soda. Lo cautivaron sus botas negras y su pelo largo, negro y lacio, con flequillo. No era amor a primera vista como el que sintió por Julia o Cat. Definitivamente, era diferente de ellas. Estaba seguro de que no era amor lo que sentía, pero sí una atracción irresistible. Un fuerte presentimiento de que, de una manera u otra, acabarían comprometiéndose.

Actuando como si nada, inició la conversación:

—Ya que estamos aquí, dime cuál es tu nombre.

—Me llamo Yu Ran-hee.

—Así que, Nan-hee… ¿Realmente te parece mejor Spielberg que Scorsese?

—Es Ran-hee, no Nan-hee —le corrigió la pronunciación traspasando la frontera invisible sobre la mesa que los separaba. Y con la punta de sus uñas, pintadas de rojo fuego, empujó hacia él la lata de Demi Soda. La sonrisa que puso al terminar esa acción provocativa desarmó a Seong-gon y ahí comenzó todo.

Seong-gon conocía las distintas caras de Ran-hee. Pero se acordaba vagamente de las expresiones de felicidad y alegría que solían dibujarse por él en su joven y bello rostro, mientras que en su mente permanecían con nitidez aquellas de sentimientos totalmente opuestos.

La cara que vio esa tarde era de indolencia. Un estado comparable a lo que queda después de pasar por un tamiz las emociones, separando primero lo bueno, es decir, la alegría, el afecto y la felicidad, y luego la ira y la tristeza, para al final dejar que el sol y el tiempo sequen las sobras, el rencor, el arrepentimiento y el amor-odio. Con esa expresión ausente ella lo miró en la tienda departamental. Lo más triste era que el tamiz que despojó a Ran-hee de todo no fue nadie más que él, Andrés Kim Seong-gon.

24

—Por favor…

Al escuchar la pequeña aventura de Seong-gon de esa tarde, que había pasado por donde trabajaba su mujer y la había alentado con valentía por lo que hacía, Jin-seok se llevó las manos a la cabeza por tal sinsentido.

—¿"Buen trabajo"? —le dijo—. No puede ser… ¿Cómo es posible?

De tanto que suspiraba, Seong-gon sintió que se le enfriaba la punta de la nariz por el aire que exhalaba.

—Era un cumplido —dijo rascándose la cabeza, abochornado.

—Entiendo cuál era su intención; sin embargo, un cumplido dicho sin alma es humillante.

—¿Cómo que sin alma? Lo dije con todo el corazón.

—¿Sabe cuán importantes son el ritmo y la intensidad de la voz al hablar? Apuesto a que su mujer debió de percibir cinismo en sus palabras, viniendo de usted.

—Nada es fácil. Esto no debería ser tan difícil, ¿o sí? ¿Por qué un cumplido no puede ser aceptado como tal sin segundas interpretaciones?

—¿No será porque no suele hacer cumplidos a otros? Si lo que desea es que la gente no lo malinterprete, debería tratar de expresar admiración y afecto todos los días aunque sea por cosas pequeñas.

—Gracias. Tus palabras me dan fuerzas —dijo Seong-gon con la mirada perdida y sin mostrar cambios de ánimo como un robot.

—Ah… Bueno, lo que diga —contestó Jin-seok con una risa formal.

25

Seong-gon se fijó un nuevo objetivo: hacer cumplidos al menos tres veces cada día fuera a quien fuera. Pero, tanto como corregir sus gestos faltos de espontaneidad, le resultaba difícil halagar a otros. Primero, por su temperamento, pues por naturaleza no era muy generoso al evaluar a los demás.

Los elogios eran, según su criterio, para aquellos que realmente se los merecían; por tanto, era exigente a la hora de hacer cumplidos. Tenía los sentidos más desarrollados para criticar que para ver el lado bueno de las personas, sobre todo ante las muchas irracionalidades y ambigüedades que ocurrían en el mundo.

Además, para halagar de manera efectiva sin ser malinterpretado era necesario ser afable y tener buena capacidad de respuesta. Había que estar preparado con un corazón generoso para realizar el cumplido en el momento más oportuno de la conversación, como un bien entrenado futbolista encuentra el camino del gol y marca. Claramente, una técnica de gran nivel.

Por último, los halagos podían convertirse en una adulación o sarcasmo si no eran aprobados por su destinatario. Más allá de la intención original de quien los hacía, debían ser aceptados como tales por las personas a las que se dirigían, por muy complicado que resultara. ¿Acaso había que perfeccionar incluso una técnica así para vivir cuando ya de por sí era agotador estar pendiente de las evaluaciones ajenas? Para los que no estaban acostumbrados a lisonjear, los halagos eran un medio de sociabilización muy poco productivo. Por eso, pese a habérselo propuesto por voluntad propia, Seong-gon debía abocarse a su nuevo objetivo como si realizara una tarea indeseada pero inevitable, aunque sintiera la boca llena de arena al decir cosas positivas sobre otros.

Seong-gon hizo su primer cumplido la mañana siguiente hacia sí mismo, murmurando frente al espejo. El segundo, a las palomas y los gatos a los que encontró en la calle. Así evitó tratar con personas. Y eso que lo que decía no era exactamente un halago, sino más bien un saludo o un murmullo; como mucho, un comentario de buena fe. Pero, a la tercera, se esforzó un poco más. Envió un mensaje de texto a su mujer, a la vez que les dijo al portero y a la señora de la limpieza de su edificio la primera cosa positiva que se le vino a la cabeza. Lamentablemente, tan inesperada conducta no tuvo el efecto que esperaba. Le escribió a Ran-hee que era buena madre, mientras que preguntó al portero cómo clasificaba tan bien la basura y a la señora de la limpieza le dijo que parecía haber nacido para ese trabajo. Todo eso lo hizo con la mejor de las intenciones; no obstante, fue percibido como insulto o burla. Y unos días después Seong-gon recibió de su mujer el siguiente mensaje de texto: "Por fin has perdido el juicio, ¿o no?".

Cada vez que se enteraba de los disparates cometidos por Seong-gon, Jin-seok se llevaba una mano a la frente e inclinaba la cabeza hacia atrás con un largo suspiro.

—Parece como si todo lo dijera sin alma, sin sentirlo verdaderamente.

—Otra vez me vienes con lo mismo —dijo irritado Seong-gon—. ¿Cómo es eso de poner el alma en las palabras? Ni que fuera sal que se agrega en la comida.

—Ésa es una muy buena metáfora. El alma es como la sal. —Jin-seok repitió esa frase varias veces en voz baja y fue por la guitarra, que estaba en un rincón, para empezar a tocar un acorde y tararear una melodía inventada.

Definitivamente, a Jin-seok se le veía más animado que antes. En el mundo cibernético se encontraba una infinidad de personas con gustos variados y entre ellas había algunas que sintonizaban con él. Sintiéndose apoyado, tuvo la idea de componer canciones al estilo de los ochenta, sin limitarse a presentar la música de esa época en YouTube. Es más, decía que su plan era formar una banda. Cada vez que tenía tiempo, activaba el programa MIDI en su computadora y reproducía un extraño *riff* tratando de hallar las notas que pudieran armonizar con él de la manera más atractiva.

—El alma es la sal. La sal que inyecta vida en todo.

Sin hacerle caso, Seong-gon se sumergió en sus propios sentimientos. Jin-seok no era el único que le hablaba de la importancia de poner el alma en lo que uno hacía o decía. Comentarios similares los había escuchado también de su mujer: "En tus palabras sólo se percibe la intención, nunca la empatía o tu sinceridad".

—No logro comprenderlo. Uno habla para transmitir una intención, no el alma, ¿o sí? —se exaltó.

Los reiterados fracasos hicieron de Seong-gon una persona incapaz de prestar atención a las emociones de los demás. Expresaba su frustración con irritación y todas sus expresiones faciales se resumían en tres: la enojada, la que reprimía la ira y la sonrisa forzada para ocultarla. Las emociones negativas explotaban mayormente en casa, mientras escatimaba las palabras positivas, como si pronunciándolas perdiera algo valioso. Y estaba más acostumbrado a decir frases llenas de cinismo, como "Soy torpe, ¿y qué? Cuánto lo siento".

Después de eso, era imposible esperar reacciones afables. Seong-gon lo sabía; aun así, no podía evitarlo. Frases hirientes le salían por la boca sin filtro, sin siquiera sentir realmente lo que estaba diciendo e incluso siendo consciente de que las palabras sin alma dañaban. Uno de los grandes misterios de la vida era que la gente tendía a no realizar acciones buenas aunque fueran fáciles, pero sí acciones negativas por mucho que conocieran las consecuencias.

Ran-hee dijo que ya no podía más, que la mera existencia de Seong-gon era para ella una gran agonía. Por eso decidieron separarse.

La separación le dolió. Parecía enojado, pero en el fondo estaba herido. Por eso decidió abandonar su hogar, porque no tuvo la valentía suficiente para confesar que estaba dolido, ni siquiera ante el desmoronamiento de algo que debió defender costara lo que costara. Fue torpe e insensato.

26

La lluvia dibujaba líneas oblicuas en las que literalmente era posible ver la dirección del viento. Desde primera hora de la mañana, Seong-gon estaba de mal humor. Por poco se cayó sobre la avenida mojada y estuvo a punto de atropellar a una persona por distraerse con el teléfono celular. Estaba enojado consigo mismo imaginando lo que habría pasado si, en efecto, hubiera causado un accidente. Más que nunca le parecía una estupidez estar en la calle sobre una bicicleta destartalada. En ese momento, vio de nuevo a aquel empleado de la academia de inglés, el conductor del minibús para los alumnos. Estaba ocupado con algo y se movía con diligencia sin paraguas, como si la tormenta de la tarde no le importara. Fruncía la cara porque la lluvia y el fuerte viento que le azotaba directamente le dificultaban la vista. Entonces, Seong-gon experimentó un pequeño triunfo, convencido de su hipótesis: que no existían en este mundo personas capaces de mantener siempre la calma y la expresión de paz en el rostro.

Sin embargo, quince minutos después, cuando volvía tras cumplir con un pedido, se encontró con una escena totalmente inesperada.

El hombre había construido un pequeño túnel con láminas de plástico y unas mantas en el suelo para absorber la humedad de la lluvia, de modo que los estudiantes se subieran al minibús sin mojarse. Los niños caminaban como cualquier otro día por ese túnel que los protegía de la lluvia y del viento mientras el conductor los guiaba con amabilidad, sonriendo a cada uno. En mitad de esta operación, el hombre se detuvo un instante. Miraba las gotas sobre el túnel de plástico con una inocencia como la de un bebé.

No cabía duda de que su conducta era admirable, pero, al mismo tiempo, exacerbaba a Seong-gon, que estaba convencido de que no todos podían ser como ese hombre. Es más, estaba seguro de que sólo unos pocos estaban bendecidos con un temperamento así y eso lo enervaba.

Atrapado en esa idea, trabajó todo el día sin descansar y sin olvidar mantener los hombros rectos, pese a lo pesados que eran los comentarios que leía en las aplicaciones de pedidos de clientes que le aconsejaban tener cuidado con la lluvia, como si ignoraran que para los repartidores la seguridad era lo de menos, pues, si de una manera u otra iban a sacrificar su salud y su seguridad, preferían entregar la mayor cantidad de pedidos posible y ganar más. ¿Acaso se creían mejores personas escribiendo ese tipo de comentarios o cancelando pedidos? Seong-gon se quejó para sus adentros.

La lluvia cesó por la noche. Seong-gon se bajó de la bicicleta y empezó a caminar empujándola, sin energía, exhausto, con los pantalones mojados hasta por encima de la rodilla y el pelo empapado. Pese al cansancio, optó por el camino largo, inspirado por una curiosidad inexplicable y se dio una vuelta por la academia de inglés. Como siempre, había varios minibuses de color amarillo parados esperando a que los niños terminaran las clases y salieran del edificio para regresar a sus casas. Seong-gon buscó con la mirada a ese hombre. Cuando lo encontró, su conducta lo dejó boquiabierto. Estaba detrás de los otros conductores de la academia de inglés que conversaban, algunos con un cigarrillo en la boca. Se hallaba entre dos edificios. Miraba al suelo, agachado y con las manos apoyadas sobre las piernas. Tenía los pies sobre unos pétalos de flores. "¿Por la mañana eran gotas de lluvia y ahora son pétalos? ¿Qué diablos está haciendo? ¿Acaso se cree una adolescente?", pensó. Furioso sin saber por qué, no pudo aguantar más. Entonces se bajó de su bicicleta, la dejó apoyada en una pared y se acercó precipitadamente hacia ese hombre. Y le preguntó con voz enojada:

—¿Qué se supone que está haciendo?

El hombre se quedó rígido al escucharlo. En su pecho llevaba una placa identificativa, decía: "Conductor Park Silyoung".

—¿Cómo? —reaccionó. Lo dijo con un tono suave y, sin agregar más, esperaba con una actitud tajante, aunque gentil y educada, escuchar una respuesta.

Seong-gon contestó como si se excusara:

—Ah... este... Vivo por aquí. Le veo con frecuencia al pasar por esta zona y, la verdad, no logro entender su conducta.

El hombre cruzó los brazos con cara de perplejidad. Era evidente que era él quien no entendía la situación. Kim Seong-gon empezó a titubear. Hablaba incoherentemente a un volumen unos tres tonos más altos del normal. Confesó que admiraba la calma que mantenía fueran cuales fueran las circunstancias y, al escucharlo, el hombre sonrió.

—Gracias por tomarse el tiempo para fijarse en un don nadie como yo con tanto interés.

—Bueno, tanto interés no tenía. Sólo que, viendo su conducta y sus gestos, me entró curiosidad.

—¿Qué tipo de curiosidad?

—¿Acaso no se enfada nunca? ¿Ni se irrita? Es que siempre lo veo sonriente como un niño inocente.

—¡Ja, ja! ¿Qué quiere que le diga? —reaccionó el hombre con una gran sonrisa en los labios. Pero su voz sonaba firme, como si con el tono quisiera advertirle de que, si pretendía seguir diciendo tonterías, era mejor que se alejara de él. Era una técnica de habla precisa, propia de una persona que oculta algo afilado en el pecho y es capaz de apuntar con ello si alguien comete algún error con él.

—O sea, mi pregunta es: ¿cómo se le ve tan alegre y satisfecho siempre? —nervioso, Seong-gon contestó con una pose aún más amable.

El otro lo miró lentamente.

—Y en su vida, ¿hay muchas cosas que le molestan?

Este comentario del conductor del minibús lo desconcertó. Enseguida quiso que la tierra se lo tragara al imaginar lo patético que debía parecer.

—Bueno, a cualquiera le pueden ocurrir cosas fastidiosas en algún momento de la vida, ¿no? —contestó Seong-gon sin fuerza y sin seguridad en sí mismo, mientras divisaba en el rostro del hombre frente a él la sonrisa de alguien que había alcanzado la iluminación. No sabía por qué, pero se sentía avergonzado.

—No sé exactamente a qué se debe su curiosidad. Lo único que puedo decirle es que hay una regla que intento cumplir todos los días.

—¿Y cuál es? —preguntó Seong-gon después de tragar saliva como señal de nerviosismo.

—Sentir plenamente —respondió el hombre con ligereza.

—¿Cómo?

—Y algo más.

—¿Qué?

—Hacer sólo una cosa a la vez. Si estoy comiendo, me concentro en la comida. Al caminar, en los pasos que doy. Si estoy trabajando, no me distraigo con cosas que no guardan relación con lo que hago. Así, vivo plenamente cada momento sin desperdiciar mis emociones.

Seong-gon pensaba igual que el hombre. A esas alturas, sabía por experiencia que la simplicidad y la ausencia de objetivos complejos lo ayudaban a mantenerse vivo apostando por pequeños cambios cotidianos, como enderezar la espalda y abrir los hombros. Pero eso no aclaraba sus dudas.

—Y, por último —prosiguió el hombre—, deje de pensar tanto y mire el mundo tal y como es. No gaste tanta energía ni sus emociones juzgando todo lo que ve. Ataje así las opiniones negativas, las malas vibraciones que impiden ver o comprender el mundo. El pensamiento es un filtro personal, por eso es mejor apagarlo. Después, todo es más fácil. Los árboles los vemos como árboles y los postes de electricidad como postes de electricidad, y empezamos a percibir el rojo como rojo, el amarillo como amarillo, sin distorsionar o tergiversar. Pero hay que tener algo en mente. ¿Ve el semáforo que está ahí? ¿De qué color es?

Kim Seong-gon alzó la cabeza y miró el semáforo.

—Es ámbar —respondió, sin entender la pregunta.

—Mire otra vez si realmente es ámbar.

Seong-gon hizo lo que le decía, quejándose de lo inútil que le parecía estar analizando si la luz del semáforo era ámbar o de otro color. Entonces, el hombre le habló con voz suave.

—Si se fija bien, desde la parte superior del círculo hacia abajo se nota una gradación de tono, que va de rojo a naranja y de naranja a ámbar. También hay puntos negros e incluso una luz pequeña de color azul en una esquina.

El hombre tenía razón.

—¿Se da cuenta? Hay que tener cuidado con aceptar las descripciones preestablecidas de las cosas. Por ejemplo, al decir que el semáforo está en rojo, nos equivocamos porque lo que llega a la retina no es un solo color, sino varios. No debemos limitar con las palabras lo que percibimos con la vista. Debemos sentir lo que vemos así como es y sin prejuicios. Entonces empezaremos a darnos cuenta de que este mundo está lleno de cosas hermosas y maravillosas —rio.

Seong-gon entendía de qué le hablaba, pero le era difícil asimilarlo. Por eso preguntó:

—Como afirma, supongamos que cada luz del semáforo no es de un solo color, sino de varios. Pero ¿qué tiene que ver eso con mi vida? Para mí es importante discernir los colores del semáforo según la regla establecida, no como los percibe la retina, ya que, si dejo pasar una luz verde y reacciono tarde, puedo sufrir un accidente. ¿A usted no le preocupa? ¿No le inquieta guiar mal a los niños o causar un accidente actuando de esa manera?

—Hum —el hombre esbozó una sonrisa de sabio moviendo la cabeza de izquierda a derecha y dijo—: ¿Cómo puede la gente comer y ver la televisión al mismo tiempo? ¿O conversar con alguien y cruzar la calle a la vez? Todo es cuestión de adaptarse, aunque siempre habrá que tener cuidado. Puede que no lo comprenda, pero insisto: lo más importante, como le dije antes, es sentir plenamente todo lo que le rodea.

Del edificio salían los niños tras finalizar sus clases de inglés. Park Sil-young se despidió con los ojos y agachó ligeramente la cabeza para guiar a los estudiantes hasta el minibús. Acomodados todos en sus asientos, el vehículo de color amarillo arrancó y se deslizó sobre una avenida mojada y floreada. Seong-gon se quedó parado allí un largo rato.

27

A la madre de Seong-gon, Clara Choi Yong-sun, le gustaban las flores. Se alegraba en la época de floración y se entristecía cuando las flores se marchitaban. En invierno esperaba la primavera y, cada vez que llegaba esta estación, se entusiasmaba como si la recibiera por primera vez en su vida.

—La brisa es suave. Y los pétalos, ¡tan delicados! Mira cómo brillan las estrellas —decía a menudo.

Seong-gon estaba cansado y harto de tanta admiración. Según él, su madre fotografiaba flores en la calle y le enviaba esas fotos por celular para olvidar la dura realidad y escapar de la monotonía diaria, aunque fuera durante un instante. Y cuando estaba ocupado, sin ganas siquiera de fingir amabilidad, le decía lo que pensaba sin pelos en la lengua. Incluso una vez le soltó con frialdad las siguientes palabras:

—Mamá, deja de decir esas cosas, que yo nunca voy a sintonizar contigo emocionalmente. No sé cómo reaccionar y, la verdad, me exasperan estas frases tuyas. Hay flores, ¿y qué? ¿Qué quieres? ¿Que recoja algunas y te las regale? ¿O acaso esperas escuchar de mí algo similar? ¿Comentarios sobre las flores cada vez que murmuras que son bonitas?

—Lo siento —dijo entonces su madre en tono de resignación. Y clavó su mirada en el paisaje que veía fuera de la ventana más allá de las orquídeas cuyas hojas limpiaba, el bosque detrás del edificio donde vivía. Empezó a tararear una melodía desconocida que, como remate, motivó a su hijo a escapar violentamente y a dejarla sola.

Su madre, en cama por cáncer de páncreas, tenía la cara pálida. Se preparaba para ese último viaje de su vida que era la muerte, como si la llamara su marido, el padre de Seong-gon, fallecido unos años atrás.

—Seong-gon —llamó a su hijo que la visitaba en el hospital.

Seong-gon acababa de terminar una fastidiosa llamada telefónica de trabajo sin darse cuenta de que su madre estaba despierta mirándolo.

—¿Sí? —se dio la vuelta rápidamente.

—Hijo, córtame las uñas de los pies.

—¿Las uñas?

—Sí. Están muy largas. Detesto tenerlas así.

Kim Seong-gon levantó la fina sábana que cubría el cuerpo de su madre.

—Por mucha pereza que me diera, siempre me cortaba las uñas con regularidad. Y he tratado de mantenerlas cortas y limpias con más esmero después de cumplir los setenta. En cualquier momento puedo morir y vendrán a recoger mi cadáver. Sería feo tener entonces las uñas largas. No quiero que la muerte me sorprenda en esos días de descuido.

—Tonterías —dijo Seong-gon con los ojos enrojecidos.

—No quiero pedirte este tipo de favores, pero, aunque sea una vez, ¿podrías ayudarme con eso? Sería bueno que me muriera antes de que vuelvan a crecer.

—No hables así, mamá. Puedes pedirme todos los favores que quieras.

—¿Por qué las uñas no dejarán de crecer en un cuerpo moribundo? Si pudiera, me gustaría repartir esa energía a otros que la necesitan más que yo: bebés o brotes jóvenes de las plantas. Con las uñas aún creciendo, me siento como una egoísta.

Seong-gon acarició con la mano el pelo de su madre.

—Date prisa. Córtalas antes de que venga alguien —dijo su madre con impaciencia, sufriendo súbitamente una falta de aire.

Seong-gon agarró el cortaúñas con manos temblorosas. Notó sus pies huesudos de color gris, sus manos flácidas como las ramas secas de una planta en invierno y su transformación de una mujer cálida y abundante en un árbol anciano sin vida, mientras que él había ganado peso hasta parecer algo desagradable chupando la sangre a su madre.

Con lágrimas en los ojos, le cortó las uñas. Taca, taca, taca. Un sonido animado hizo eco en la habitación del hospital. Al verse los pies limpios y las uñas cuidadas, su madre dijo con ojos brillantes:

—Ya me puedo morir sin sentir vergüenza.

Clara Choi Yong-sun rio. Fue la última vez que Seong-gon la oyó reírse.

La muerte de su madre entristeció profundamente a Seong-gon, pero las lágrimas de dolor y remordimiento no duraron mucho. Enseguida volvió a la normalidad y, entre los ajetreos de la vida, el recuerdo de sus padres fue relegado a un segundo plano.

Una noche, tras cesar la lluvia, Seong-gon se acordó de su madre por la semejanza con su mujer, Ran-hee, que habían sido compatibles en vida al ser ambas igual de sensibles. Un denominador común entre ellas era su forma de hablar. Las frases que más decían empezaban con el pronombre exclamativo "qué": ¡qué suaves se ven las nubes, como una alfombra!, ¡qué bonito rojo el de las rosas!, ¡qué rico este pan pese a ser tan duro! Ambas percibían todo lo que ocurría a su alrededor a través de los sentidos y lo describían con un vocabulario de sentimientos y sensaciones. Seong-gon, en cambio, actuaba y hablaba todo el tiempo con indiferencia. Incluso cuando estaba de buen humor, casi no lo dejaba notar. Y cuando estaba mal de ánimo, lanzaba como si nada ataques verbales, dejando sin validez y convirtiendo en algo inservible la sensibilidad tanto de su madre como de su mujer.

Al hablar, la mayoría de las veces empezaba con un "dicen que": dicen que esto es muy rentable, dicen que deberíamos invertir en eso, dicen que con esto podremos ganar mucho dinero… Incluso cuando el tema de la conversación eran las flores, su cerebro reaccionaba sólo a explicaciones objetivas, por ejemplo, de alguna sustancia extraída del estambre que podría ser un buen destino de inversión. Claramente, era una actitud necesaria para los negocios; sin embargo, su insistencia en priorizar siempre la utilidad o la eficacia deterioró otros dones. Poco a poco se olvidó de cómo expresar admiración, de cómo asombrarse y de la manera de contemplar el mundo a su alrededor sin ninguna intención o propósito. Así, era imposible esperar de él una sonrisa genuina o una conducta relajada y generosa.

Seong-gon se acordó de su padre arrugado, estricto y con quien casi no solía conversar. Nunca en la vida rompió las reglas y, a medida que se acercaba a la muerte, se privó de una cosa tras otra. Primero, dejó de hacer sonar su silbato. Luego, de fumar, de beber y de hablar. Por último, dejó de razonar. Desde entonces, empezó a observar el entorno sentado siempre en un mismo lugar, como si tratara de guardar en sus ojos el mundo que no pudo sentir tal cual por vivir aferrado a las reglas y a las convenciones.

Como toda la vida tuvo que lidiar con gente, su padre evitó en lo posible mantener contacto con otras personas hasta que falleció. Su único entretenimiento fue ver el cielo, la tierra, las nubes y las plantas con el afán de absorber todo lo que se perdió durante los años que vivió.

Kim Seong-gon se preguntó: "¿Seré capaz de mirar de frente el mundo cuando esté en la etapa final de mi vida? ¿Con ojos que no enfocan bien y el corazón rendido?".

28

De las personas que Seong-gon conocía, Ah-young era la más fiel a los sentidos. Cuando era pequeña, su hija lloraba por cualquier motivo y reía por cosas aún más insignificantes.

Cuando la niña no podía ni caminar, un domingo por la tarde su mujer salió de casa tras lograr con mucha dificultad que se durmiera. Seong-gon se percató de que su hija estaba despierta porque la escuchaba reír dentro de la habitación. Se acercó a la puerta y la empujó con cuidado. Ah-young estaba acostada bocabajo. Tocaba el suelo con la mejilla para, unos segundos después, levantar la cabeza, y reía con el sonido que se producía al despegarse la piel de la superficie. Repetía una y otra vez esa acción porque le divertía la sensación de tener la mejilla sobre el suelo y desprenderla como si retirara algo pegajoso de la pared.

Ah-young lo sabía hacer todo. Sabía emitir las carcajadas más melodiosas incluso por aquel simple concierto de la mejilla en el suelo y tocar el arcoíris que creaba la luz del sol de la tarde que penetraba por la ventana. Miraba con gran sorpresa las diminutas gotas que le salpicaban al poner la mano en el agua chorreando del grifo del baño como si hubiera descubierto diamantes y reía arrugando la nariz cuando le hacía oler una naranja, emocionada por la fragancia tan dulce como cautivadora de la fruta. Para que esa risa no se perdiera, Seong-gon estaba dispuesto a sacrificar lo que fuera, incluso la vida.

Gracias a su hija, Seong-gon aprendió que la sensación en sí podía complacer al ser humano y que éste estaba diseñado para sentir la felicidad en su estado más puro. Sin embargo, se olvidó de ello hasta el punto de resumir casi todo lo que detectaba mediante los sentidos como algo trivial, como parte de una cotidianidad aburrida y agotadora.

Sin que se diera cuenta, sus sentidos cumplían apenas unas funciones mínimas para la supervivencia. La información y los estímulos del exterior que recibía a través de ellos le servían para satisfacer las necesidades más básicas o anodinas. Como cuando al tener la mente en otro lado frente al semáforo en rojo y el violento sonido de la bocina del coche de atrás lo hacía reaccionar y arrancaba, cuando no le parecía lo suficientemente frío su whisky y metía un cubito de hielo en la copa, o cuando cambiaba de canal al ver en la pantalla del televisor algo que no le interesaba.

Si la vida era una cómoda con cajones de diversos olores y sabores, Seong-gon estaba usando sólo uno, el que está repleto de resentimiento, irritación, indignación, ira, melancolía y frustración, sin recordar cómo abrir el resto. Los cajones de felicidad pura y de sentimientos que llenan a uno de una manera que es imposible explicar con palabras estaban sellados. Ni siquiera sabía dónde estaban.

De repente, Andrés Kim Seong-gon se detuvo. Flores primaverales adornaban el camino sobre el que se encontraba.

No se había dado cuenta, pero ya estaba por terminar el clímax de tan bella estación.

"Miro, pero lo hago con prejuicios y sin enfocar bien; por eso no estoy sintiendo mi entorno como debería", murmuró como un poeta.

Miraba sin conectar con lo que veía; comía, pero no disfrutaba del sabor de la comida, y escuchaba sin prestar atención.

Una profunda tristeza lo invadió al reconocer su estado verbalmente. Seong-gon asumió tal estado emocional con un cierto autodesprecio, que se exteriorizó mediante una sonrisa vacía. Pensaba que los muchos órganos sensoriales en su cuerpo eran inservibles, por eso no procesaba la información de su alrededor que le llegaba por medio de los sentidos o, mejor dicho, rechazaba procesarla. Ni se acordaba de cuándo había sido la última vez que se deleitó con la hermosura de una flor, que le pareció sabrosa una comida o que compartió la desesperación o la tristeza de alguien. Lo que ocurría en el mundo le resultaba irrelevante porque creía saberlo todo, tener demasiada experiencia como para que algo lo impresionara. La vida era un escenario montado por otros y no se consideraba más que polvo sobre él.

Su sensibilidad, debilitada para responder a estímulos del exterior, se mantenía aguda sólo para identificar su propio estado de ánimo, como tentáculos con receptividad no a las amenazas externas, sino a las internas. Se concentraba en exceso en su propia tristeza y desesperación y reprochaba a otros, sobre todo a las personas más cercanas a él, como su familia, si no entendían sus emociones. Admitir esto le dolía, le afligía y colmaba su mente de remordimientos. Le daba punzadas en el corazón pensar en lo desconsiderado que había sido y en las personas que hirió con sus tonterías y su egoísmo.

De una cosa estaba seguro: para recuperar el alma perdida, tenía que abrir el cajón oculto en algún rincón en lo más hondo de su ser. Sólo así podría reflejar con sinceridad sus intenciones verdaderas en sus expresiones faciales o en sus palabras y hacer cumplidos que llegaran al corazón de a quienes iban dirigidos. Kim Seong-gon debía, por tanto, reactivar sus sentidos y aprender desde cero la manera de reconocer sus sensaciones, como un niño que apenas empieza a dar sus primeros pasos, con un ingenuo entusiasmo.

29

Para reavivar los sentidos, Andrés Kim Seong-gon se planteó un experimento tan original como primitivo inspirado en una anécdota del pasado.

Tras dar a luz a su hija, su mujer pasó dos semanas en un centro para cuidados posparto. Allí seguían una dieta baja en sodio para una óptima alimentación durante la lactancia, de ahí que todo lo que podía ingerir Ran-hee era comida preparada exclusivamente para obtener la mejor leche materna, por ende, carente de cualquier sabor fuerte, picante o salado. Todo era tan soso e insípido que Seong-gon dudaba de que su mujer pudiese percibir algún sabor en lo que le servían. Lo que más le sorprendió fue el cambio que notó en Ran-hee cuando volvió a casa. Ella siempre había sido una amante del picante. Sin embargo, parecía que dos semanas en un centro de atención posparto habían sido suficientes como para quitarle la inmunidad al picante, pues no podía comer ni un pedazo de *kimchi* y se abanicaba la lengua para calmar el picor incluso tras comer tan sólo un bocado de *ramen* con picante medio.

—¿Tanto picante comíamos? Tengo el paladar de un bebé. Esto no lo puedo tomar —hacía la misma queja en cada comida.

Ran-hee tardó bastante tiempo en poder comer como antes, pero eso no parecía alegrarla demasiado.

—En realidad, tener alta sensibilidad gustativa no me molesta. Es más, me ayuda a disfrutar del sabor natural de los ingredientes.

El nuevo experimento de Seong-gon era similar a lo que había vivido su esposa. Y lo puso en marcha de inmediato aprovechando que tenía el estómago vacío por saltarse la cena el día anterior debido a un malestar que sintió después de comer unos fideos con salsa hiperpicante. Tampoco le apetecía desayunar, no tenía hambre. Pero, de repente, saltó de la cama y empezó a anotar algo en el papel. Era su nuevo proyecto: reconfigurar su vida para empezar de cero. Y la primera tarea que se propuso era vaciar la mente y el cuerpo, bloquear durante cuarenta y ocho horas el contacto con cualquier objeto, persona o situación que lo estimulaba, así como todo lo que le era familiar.

Kim Seong-gon tomó una firme determinación para finalizar exitosamente este experimento, tanto que decidió no trabajar durante dos días y desactivó su celular después de avisar a Jin-seok de que no viniera durante ese tiempo.

En el papel había escrito:

No reír. No llorar.
No comer. No moverse.
Estar como una piedra.
¡Como si no tuviera vida!

30

Andrés Kim Seong-gon apagó todas las luces de su apartamento y bajó las persianas. Procuraba no moverse, a menos que fuera para ir al baño o beber agua, para concentrarse en su voz interior y en las sensaciones sensoriales.

Con cara seria, se acostó en la cama. Pero no habían pasado ni diez minutos cuando empezó a sentir hambre. Era un apetito súbito y voraz. La ridícula disonancia de los ruidos de su intestino que escuchaba entre el ruido de las motocicletas en la calle lo intranquilizaba.

La luz que penetraba por los agujeros de las persianas, no completamente pegadas a la ventana, permitía ver muchos detalles del espacio que ocupaba, aun con los ojos entrecerrados. Los brillantes patrones del papel tapiz de color oscuro, el silencioso baile del polvo en el aire y la luz del sol cuyo ángulo cambia según la hora.

También comenzó a sentir sed. Pero se aguantó hasta que sonara la alarma del celular que había programado para beber agua.

Imprevistos como éstos seguían surgiendo. Interrumpida la ingesta de alimentos, su cuerpo daba señales de querer orinar y, por ende, tenía que ir al baño más a menudo de lo imaginado, aunque así era mejor. De hecho, en esas horas de represión voluntaria se encontró, llegado un momento, esperando con ansias las escapadas al baño.

Tuvo que pasar así varias horas, moviéndose lo mínimo y llevando a cabo acciones al parecer insignificantes, hasta que su cuerpo se adaptó lentamente a la nueva situación. Entonces, una infinidad de pensamientos apareció en su mente y vio pasar su vida ante él. Como si se exhibiera una película, Kim Seong-gon contempló estático las imágenes que flotaban en la cabeza. No sentía nada anímicamente, ni siquiera frente a una imagen de sí mismo, de un Seong-gon del pasado desesperado, renegando a gritos contra el mundo. Al contrario de tal indolencia, su piel estaba hipersensible. Reaccionaba al más mínimo cambio de temperatura mientras sentía picor o cosquillas y otras sensaciones fastidiosas que se entrometían en sus pensamientos.

Se esforzaba por ignorar todo estímulo externo; sin embargo, era imposible. Se puso un antifaz en los ojos para bloquear totalmente la visión y tapones en las orejas a fin de convencerse de que el mundo era un punto negro sin nada dentro. No obstante, el oído percibía hasta el ruido más pequeño y la luz que lograba atravesar el antifaz creaba en un fondo oscuro imágenes posibles de asociarse con el origen del universo.

Los sentidos existían por algo. Y a través de ellos el ser humano insistía en detectar cualquier elemento de su entorno para conectar fuera como fuese con el mundo alrededor.

Kim Seong-gon tenía el cuerpo bien gastado por usarlo durante casi cinco décadas. Estaba deslucido y con los huesos crujiendo por todas partes, mientras que sus órganos sensoriales estaban igual de deteriorados por el paso del tiempo. Igual que Yi Sun-sin,* que se quedó con apenas doce barcos, pero con ellos logró vencer al enemigo, Seong-gon contaba con sus cinco sentidos que, aunque oxidados, se mantenían activos.

Le entraron ganas de comer y era larga la lista de guisos que le apetecían. También quería caminar y correr. Al fin y al cabo, su cuerpo estaba hecho para palpar todo lo que le rodeaba y para experimentar. Podía sentir que cada una de las células de su organismo le gritaban que no permaneciera como una piedra sin vida, que se lanzara al mundo sin miedo.

Kim Seong-gon pasó dos días en ese estado, entre la realidad y el sueño, encerrado en una celda que él mismo había fabricado. Cuando sonó la alarma que anunciaba el fin de esa reclusión voluntaria, se quitó tanto el antifaz de los ojos como los tapones de los oídos. No podía ver bien por la contracción de las pupilas ante la repentina luz y el ruido del entorno hacía vibrar sus tímpanos como fuegos artificiales. Como un ataque de violencia difícil de resistir, tanto estímulo visual y auditivo le llegó de golpe y provocaba un gran impacto en él. Entonces, se levantó de la cama, o, mejor dicho, saltó con tal elasticidad como si tuviera un resorte en la espalda, aunque con postura rara debido a lo tensas que tenía la cintura y las piernas tras apenas dos días de mantenerse casi sin moverse en la cama.

Cuando abrió las cortinas, un agresivo rayo de luz apuñaló sus ojos como una daga. Ante tanta luminosidad, dio unos

---

* Almirante de la dinastía Joseon (1392-1910) que, al mando del *Geobukseon* o *Barco Tortuga*, una galera acorazada desarrollada en Corea en el siglo XVI, se enfrentó con éxito a los intentos de Japón de invadir Corea en 1592 y 1598. Una de sus frases más famosas es "Me quedan aún doce barcos", pronunciada en la más desesperante de las situaciones antes de derrotar a los japoneses, pese a una diferencia abismal de recursos de combate. (*N. de la T.*)

pasos hacia atrás y se cayó emitiendo una exclamación. Aun así, se alegró de volver a ver la luz. Lentamente, se puso de pie a la vez que gruñía en voz baja pero ruda como un zombi. Sobre sus pies sintió mucho peso y, de repente, agradeció a sus pies y piernas que sostenían su torpe cuerpo. Tomó con impaciencia la manzana que había dejado en la mesa, la misma que durante dos días había estimulado su olfato. Tenía mal color, ya empezaba a oxidarse. Aun así, al morderla su boca se convirtió en un paraíso gracias al jugo dulce y cálido que la llenó, mientras que sus intestinos gritaban de felicidad por el primer alimento que bajaba por el esófago por primera vez en dos días.

Kim Seong-gon salió a la calle con la respiración agitada.

Notaba claramente los movimientos de las personas que pasaban, así como sus expresiones faciales. El sol calentaba la palma de sus manos levantadas y el viento de la calle —en el que se mezclaban varios olores de humanos y de objetos, también de la naturaleza y de cosas artificiales— tocaba sus mejillas. El mundo era diverso e infinito. Dentro de él, el sinónimo de caos era vida y movimiento constante. Kim Seong-gon, entre la multitud, se sumergió en ese caos, acogiendo con todo su ser la inexplicable tormenta de sensaciones.

"¿Será que la gente bebe o se droga para tener sensaciones más intensas? —se preguntó—. ¿Para sentir en la piel lo que ven los ojos y en la punta de los pies lo que escucha? ¿O quizá para sincronizar las vibraciones del corazón con los bamboleos de la tierra?"

Kim Seong-gon deseaba identificar y percibir el mundo tal cual por sí mismo, sin prejuicios, siendo fiel a los sentidos como la pequeña Ah-young o como el conductor de aquella academia de inglés que conservaba la mirada de un niño.

31

Kim Seong-gon no tardó mucho en volver al estado anterior a su pequeño experimento. En apenas medio día, todos sus órganos sensoriales estaban como antes y se encontró a sí mismo viendo ya sin extrañeza cómo los neumáticos de los coches rodaban o cómo nada había cambiado en el paisaje callejero con gente caminando con la cabeza agachada y la vista fija en la pantalla del celular.

Pero una incógnita germinó dentro de él después del experimento. Se preguntaba por qué algunas percepciones no pasaban de ser unos breves estímulos captados por los sentidos, nada memorables, mientras que otras resonaban en su interior hasta mucho después de ser procesadas.

¿A qué se debían las imágenes remanentes, la reverberación de sonidos ya detectados y la permanencia de fragancias aun tras desaparecer la fuente odorífera? ¿Qué significaban o cómo repercutían en él física y emocionalmente? ¿Y qué quedaba al final? Kim Seong-gon se sumergió en una larga y profunda reflexión mientras recorría la ciudad en su bicicleta.

Unos días después, Kim Seong-gon salió a trabajar de noche pese a que llovía. Dejó comida en la puerta de un apartamento, café y pan frente a una oficina cerrada y una pizza a la entrada de un estudio. Como siempre, lo recibieron puertas cerradas sin que nadie saliera a recibir lo que llevaba. Pero, al entregar el último pedido, cuando después de dejar un paquete de pollo frito en la puerta de un apartamento se dio la vuelta y caminaba hacia el ascensor, un niño (tendría unos diez años) abrió la puerta, sacó la cabeza y recogió la bolsa de comida. Entretanto, su mirada se cruzó con la de Seong-gon y el pequeño lo saludó agachando rápidamente la cabeza antes de cerrar la puerta. Desde el otro lado de la puerta escuchó los saltos alegres del niño y la euforia de su familia, animada ante el inminente banquete, mientras que fuera quedaban el olor a pollo frito, un Kim Seong-gon empapado por la lluvia con una sonrisa de la que ni él se daba cuenta y el paisaje de una noche lluviosa que se divisaba por las ventanas del pasillo de ese edificio. No era la primera vez que Seong-gon repartía comida a domicilio en esas condiciones y nunca ninguna experiencia le había resultado especial. Pero ésa sí lo era. Su intuición le decía que la escena que vio allí y la impresión que tuvo persistirían durante largo tiempo en su mente.

Esa noche, Seong-gon tuvo un sueño. El mar brillaba con el reflejo del sol. Seong-gon estaba con su familia en la playa. Ah-young, mientras hacía castillos, agarró un puñado de arena y abrió la mano. Rio a carcajadas viendo cómo caían suavemente los finos granos como polvo de oro.

Súbitamente, la arena se transformó en una polvareda y las motas atacaron los ojos de Seong-gon. En ese lugar soplaba viento con polvo. Era una pista de equitación. Ahí estaba su hija sobre un caballo. En cada vuelta que daba, el polvo que levantaban las herraduras del caballo llegaba a los ojos de Seong-gon y su mujer. Pero, incluso frotándose por los picores que sentían, estaban felices y con cara de orgullo viendo a Ah-young que los saludaba con la mano desde lejos. "Me había olvidado de que tenía tan bonitos recuerdos", se dijo Seong-gon.

El cielo empezó a oscurecer rápidamente e incontables estrellas aparecieron como avanzan las tropas hacia el frente sobre Seong-gon y su mujer, que acostados desnudos veían la aurora boreal. Estaban en Canadá, país al que fueron de viaje de luna de miel.

—¿Por qué el mundo no se acabará ahora? —preguntó el joven Seong-gon.

—Porque el mundo que queda por delante es más hermoso que este momento —respondió Ran-hee.

—Lo hermoso es efímero. Se altera y se marchita.

—No. Lo hermoso permanece —refutó Ran-hee con una sonrisa de lo más serena.

Dejando atrás esa sonrisa, Seong-gon se quedó solo. Estaba en una isla de Australia, rodeado de una sublime naturaleza, y enfrente de él había un desierto, por detrás un bosque y debajo de sus pies el mar infinito. Ante sus ojos se ponía el sol ardiente y, cuando ya estaba a punto de ocultarse completamente más allá del horizonte, Seong-gon murmuró:

—Lo hermoso permanece.

En ese momento, en el cielo negro un montón de estrellas explotaron igual que fuegos artificiales y cayeron como polvos de luz. Seong-gon era consciente de que estaba soñando y se resistió a despertarse. Los susurros de Ran-hee, las carcajadas de su hija, el suave tacto de las plantas que acariciaban sus manos y el sabor del agua que alguna vez bebió… Todo lo podía sentir vívidamente. En su interior, los sentidos de su cuerpo se mezclaban creando una imagen delicada, cálida y resplandeciente como la aurora boreal. Era hermosa. Y esa hermosura permanecía intacta en su corazón, sin dañarse.

Kim Seong-gon se despertó con lágrimas en los ojos. Como un recién nacido, lloró un largo rato, impresionado por las fuertes sensaciones que acababa de experimentar.

Una vez calmado, empezaron a manifestarse en su cabeza impulsos muy tenues. Los pequeños cambios que había conseguido modificaron su dirección hacia un único objetivo. Era hora de compartirlos con otros. Y los pensamientos sobre cómo traducir en acciones dichos impulsos se expandían dentro de su cabeza como los colores de acuarela que se disuelven en el agua, pintando un cuadro sobre una verdad tan grandiosa que no debía guardársela para él solo. Una verdad que, sin darse cuenta, comenzaba a concientizar su mente y su corazón de que había algo que podría unir los pedazos rotos de su vida.

32

Kim Seong-gon saltó de la cama como un resorte. Para él, que a duras penas hacía una abdominal, tan brusco movimiento sólo era posible cuando se encendía una luz en su interior. Eso mismo solía hacer cuando vivía con Ran-hee y de noche le brotaba una idea de negocio. Entonces despertaba a su mujer sacudiéndola fuerte, para contarle con entusiasmo los detalles del nuevo emprendimiento. Lamentablemente, la mayoría de sus proyectos iniciados de esa manera fracasaron. Considerando tal antecedente, tenía que detenerse. Por eso, respiró hondo para calmarse y, siguiendo lo que le decía su lado más racional, se volvió a acostar muy despacio.

Sin embargo, se sentó en la cama antes de que pasaran cinco segundos. Ya no tenía sueño.

Cuando recobró la lucidez, estaba frente a la computadora y sus dedos sobre el teclado, escribiendo en la pantalla los detalles y objetivos de un nuevo proyecto: el primero que realmente lo electrizaba después de tantos otros que en el pasado lo apasionaron para terminar en un fiasco. Mientras escribía, Seong-gon cerró y abrió las manos reiteradamente como si las tuviera tensas o como si sujetara un fortalecedor de agarre. Le dieron, además, unos escalofríos débiles pero inexplicables.

Lo que escribía no era sobre vender algo ni una idea de negocio que le garantizaría el éxito. Trataba sobre iniciativas personales que antecedían a cualquier emprendimiento nuevo, como aquellas de las que le había hablado a Jin-seok.

Seong-gon anotó todo lo que había vivido durante los últimos meses, es decir, desde lo que le sucedió en el río donde fracasó su intento de suicidio hasta lo que le estaba pasando en ese momento, así como las lecciones aprendidas en ese periodo, en forma de diario. Y al final agregó algunas preguntas.

¿Cuán grande es mi deseo de cambiar? ¿De verdad quiero renovarme? ¿Acaso no será mi intención seguir una trayectoria hermosa y propia recibiendo el apoyo de alguien? ¿O no será que deseo romper el cascarón que me encierra como si naciera de nuevo?

Seong-gon no logró conciliar el sueño esa noche. Se durmió cuando el sol ya estaba en lo más alto, después de terminar de redactar el borrador del plan de su nuevo proyecto.

TERCERA PARTE

Proyecto Clavo Ardiendo

33

Al entrar a la cafetería, Ran-hee vio a Seong-gon, que se levantaba de la silla para saludarla. Se sintió sofocada durante un minuto. Mientras se arrepentía de estar ahí, se acordó del día en que se conocieron. Aquella noche, el hombre con quien había protagonizado una discusión en el foro cibernético de aficionados al cine llegó antes que ella al lugar donde habían quedado y se puso de pie de la misma manera al verla entrar. Entonces, Ran-hee presintió que ese hombre podría estar relacionado de alguna manera con su destino, si es que existía algo así. Que con él viviría los momentos de mayor felicidad y júbilo de su vida, engendraría al ser más valioso del mundo, que no se podía canjear por nada ni por nadie, y experimentaría el dolor más duro, la peor desesperación y un profundo arrepentimiento.

Comparados con ese primer día, tanto Ran-hee como Seong-gon estaban desgastados. El amor que los iluminó alguna vez y la confianza plena en que su futuro juntos sería brillante se habían oxidado. Si el Seong-gon reflejado en sus pupilas estaba marchito por los golpes que recibió en la vida, ella se veía igual en los ojos de él.

Pero, en la cafetería, Ran-hee se dio cuenta de algo más. Seong-gon tenía en la mirada un brillo familiar y desagradablemente premonitorio a la vez. Eran los ojos que la tenían harta, que ella vio más de lo que le hubiera gustado cada vez que su marido se preparaba para emprender algo, aunque los notó diferentes. Ese brillo no era aquel desenfrenado e inestable que Seong-gon solía tener, sino similar al de la cálida y serena luz de una vela o al sutil pero persistente parpadeo de una luciérnaga. Vio en él una calma y una seriedad sin precedentes. Si en el pasado era como una botella de champaña que explota al abrir el corcho tras agitarla, el hombre que tenía delante parecía más bien un vino recio. Además, actuaba con prudencia y timidez, por lo que Ran-hee no podía, por alguna razón, mirarlo directamente a los ojos.

—¿Cómo estás? —preguntó Seong-gon.

—Bien —respondió Ran-hee con un discreto carraspeo. No quería que la conversación entre ambos fuera como la de unos exnovios. Por eso dijo con voz tajante—: Al grano, rápido.

—¡Ah! No tienes mucho tiempo, ¿cierto? —reaccionó Seong-gon titubeando para, inmediatamente, contarle su vida.

Ran-hee, aunque no tenía la más mínima curiosidad, prestó atención a lo que le decía, sobre cómo vivía en un pequeño apartamento, trabajaba como repartidor y se esforzaba por lograr cambios en su vida cotidiana. Sin tener noción de ello, pasó un largo rato escuchándolo, hasta que recapacitó y dijo, tocando varias veces la pantalla de su teléfono celular para verificar la hora:

—¡Al grano! ¿Qué es lo que quieres?

Ante el tono agresivo de su mujer, Seong-gon se rascó la cabeza sintiéndose incómodo.

—Bueno… Este… He tenido una idea y antes quería consultarla contigo.

—¿Y a qué viene esto si nunca hiciste caso de lo que yo te aconsejaba? —contestó Ran-hee.

Como decía, Seong-gon siempre consultó con ella cuando pensaba emprender algo; sin embargo, hizo todo a su antojo sin tener en cuenta las inquietudes o los consejos de su mujer. Absolutamente todo.

—Cuéntale tus ideas a otra persona que sepa más que yo. ¿No refunfuñabas siempre hablando conmigo porque no sabía nada de nada?

Seong-gon se apenó.

—Ah… Hum… No sé cómo lo tomarás, pero estamos juntos desde hace más de veinte años, ¿no? Pues, aunque lo decida todo por mi cuenta, tu opinión vale mucho para mí. Me ayuda a establecer los criterios que necesito para tomar decisiones.

—¿Qué disparates estás diciendo?

Seong-gon se intimidó ante la firme voz de Ran-hee, que definitivamente era la persona que llevaba las riendas de esa conversación y no estaba dispuesta a perderlas.

—Conoces a Haruki Murakami, el novelista, ¿cierto? Dicen que ese escritor muestra todo lo que escribe a su esposa antes que a ninguna otra persona. Para él, su mujer es quien establece los criterios para determinar la calidad de sus obras porque está siempre a su lado, a diferencia del editor, que cambia de cuando en cuando.

—¿Todavía soy tu mujer? —preguntó Ran-hee acercando su taza al hombre que tenía enfrente, que legalmente era todavía su marido.

Seong-gon chasqueó los labios y se frotó la frente como si sudara por los nervios. A Ran-hee le extrañaba su conducta, pues no era el hombre que conocía, que solía hablar embriagado de su propio entusiasmo sin parar, lo escuchara o no. Ahora actuaba de otra forma: más cauteloso, un tanto decaído y, definitivamente, con más seriedad.

—A ver, dime lo que te propones, que te escucho —dijo Ran-hee bebiendo un sorbo de su taza de café—. Pero hazlo rápido.

La cara de Seong-gon se iluminó y se inclinó bruscamente hacia ella, que ante tan inesperado movimiento se alejó de forma instintiva de la mesa como un boxeador que esquiva un gancho del oponente. Seong-gon sintió algo de vergüenza y vaciló durante un segundo, pero enseguida prosiguió.

Ran-hee, que un momento antes se había mostrado indiferente, estaba concentrada en lo que le contaba Seong-gon. Lo que oía no era nada parecido a las estrafalarias ideas que él solía tener en el pasado. Hablaba de algo en lo que todos pensaban y a lo que todos aspiraban; sin embargo, la mayoría se daba por vencida a medio camino de lograrlo. Mientras su marido seguía, Ran-hee reconoció sigilosamente que ella era como esa mayoría y que muchos a su alrededor lo eran también, asintiendo sin querer a lo que le decía.

Al terminar de hablar, Seong-gon respiraba agitadamente, como si hubiera finalizado una ponencia importante frente a una persona con poder de decisión sobre su vida o su trabajo, aunque en su rostro se dibujaba una sonrisa satisfecha. Ran-hee nunca lo había visto así, expresándose con tanta cautela, pero, al mismo tiempo, con tanta seguridad en sí mismo.

—Así que cambios... —Ran-hee empezó a hablar; sin embargo, se trabó con aquella palabra tan común pero por eso difícil de concebir todo lo que implica—. O sea, ¿tu idea tiene que ver con las personas que desean fervientemente cambiar o que algo cambie?

—Así es.

—Se nota que has puesto el alma en esa idea, algo muy raro viniendo de ti —dijo Ran-hee con sarcasmo mientras Seong-gon reía como un niño premiado por sus buenas calificaciones—. No me parece mal, ya que personas que quieran cambiar hay por todas partes, empezando por mí —añadió aún con voz hiriente.

Intuyó que no podría deshacerse de su tono de ironía si seguía hablando. Por eso, agarró su bolso preparándose para despedirse, sobre todo porque desde un principio no había pensado en quedarse mucho tiempo conversando con su todavía marido.

—Suficiente, ¿no? Ya no me preguntes nada más.

—Gracias. Gracias por tus comentarios —respondió Seong-gon mirándola con sutil insistencia.

Ran-hee, en cambio, evitó mirarlo de frente, sorprendida de encontrar en él al hombre que conoció en un momento de su vida y que alguna vez amó.

Tras despedirse y salir de la cafetería, Ran-hee detuvo su paso a una manzana del edificio en el que acababa de estar y se volvió hacia él, pensando que dentro seguiría el Seong-gon tan diferente del que ella conocía.

A Ran-hee no le gustaba complicarse la vida y a estas alturas sólo deseaba avanzar y dejar a su marido en el pasado, sobre todo por lo mucho que le afligían las arrugas que por su culpa aumentaron en su cara, su cuerpo y su corazón y porque había demasiado resentimiento acumulado como para retroceder. Además, quería olvidarlo. De hecho, ya había logrado borrar una parte considerable de sus recuerdos y estaba contenta con la vida que llevaba sin él. Tenía un trabajo nuevo, un ingreso modesto pero regular y pequeños sueños que con valentía empezaba a regar para que crecieran. La vida, que imaginó como un camino escarpado con piedras, le mostró vías alternativas y sobre ellas trazaba mapas con un significado especial para sí misma.

En fin, lo último que deseaba era retomar la relación con su esposo legal, aunque, como su antigua camarada, una cosa sí deseaba.

—Espero que te vaya bien —dijo Ran-hee casi sin dejarse escuchar en la calle. Y se perdió en silencio entre la multitud de la tarde.

34

Después del encuentro con su marido, Ran-hee fue a recoger a Ah-young a la academia de refuerzo escolar. Al verla cansada y con los hombros caídos, se deprimió. Para su hija, ella y su esposo eran culpables por la guerra que protagonizaron delante de ella. No desistieron de discutir y de agredirse verbalmente, como si se los llevara el diablo, pese a las súplicas que la niña hacía entre lágrimas pidiendo que no se pelearan más. Por eso fueron cómplices. Ran-hee se sentía profundamente apenada y avergonzada frente a su hija, que a partir de un cierto momento empezó a no exteriorizar lo que guardaba en su interior y así entró en la adolescencia.

—¿Cansada? ¿Se te antoja un caldito de huesos? —preguntó con cara expectante, cuando en realidad no tenía ni una pizca de esperanza de recibir una respuesta afirmativa.

—Sí —contestó Ah-young contra todo pronóstico.

Ran-hee se alegró de haber cobrado ese día la paga en el trabajo y de haberle propuesto qué comer a su hija.

Madre e hija fueron a un pequeño restaurante especializado en caldo de huesos, un lugar al que iban en familia desde que Ah-young era una bebé y donde Ran-hee y Seong-gon pasaban largas horas conversando y bebiendo soju mientras hacían dormir a la niña. Después, cuando su hija comenzó también a disfrutar del sabor del caldo de huesos, el restaurante se convirtió en la guarida favorita de la familia, aunque después de separarse de Seong-gon no pudo ir con frecuencia.

Ran-hee masajeó las piernas largas y blancas de Ah-young, que casi no hablaba, aunque eso era normal tratándose de una adolescente. Por lo general, acariciar unas cuantas veces su pelo la habría enfadado; sin embargo, el cansancio acumulado por los estudios la tranquilizaba. Como se dejaba masajear, parecía una niña pequeña siempre pendiente de la caricia materna y no tanto como la adolescente que era, una que se cree muy mayor y se comporta con frialdad con los padres.

—¿Te agobian las clases? —preguntó Ran-hee a su hija.

Ah-young estudiaba cinco horas seguidas todos los días en la academia de matemáticas. Mucha gente decía que los tiempos habían cambiado y que existían muchas otras maneras de disfrutar de una vida estable además de estudiar, graduarse en una buena universidad y conseguir empleo en una empresa reconocida. Sin embargo, Ran-hee no las conocía. Además, contaban que los estudiantes que no sacaban buenas calificaciones en el examen de selectividad tenían muy pocas posibilidades de entrar en la universidad. Ran-hee no comprendía del todo las matemáticas, que para ella eran una ciencia que casi no se aplicaba a la vida cotidiana, salvo las operaciones elementales de la aritmética. También la confundía el sistema de ingreso a la universidad, que era mucho más complejo respecto al del pasado, mientras la asaltaba de vez en cuando un fuerte remordimiento por someter a su hija a un sistema que tampoco aprobaba por completo, exigiendo que fuera perseverante y disciplinada. No era más que una madre ordinaria e incapaz que lo único que sabía hacer era preguntar a su hija si estaba muy cansada o presionarla diciendo que la vida era difícil para todos y que debería estar agradecida por todo lo que tenía.

Ran-hee contemplaba la olla del caldo de huesos hirviendo sobre la hornilla instalada en la mesa. Se preguntaba por qué la vida era tan miserable o tan poca cosa, como la col en el *kimchi* fresco servido en un plato, que casi se veía marchita bajo la lámpara fluorescente del restaurante, cuando de repente escuchó que su hija le hacía una pregunta casi murmurando:

—Mamá, ¿crees que podemos cambiar nuestras vidas o nuestro destino?

Ran-hee iba a preguntarle a qué venía aquello. Sin embargo, cambió de idea.

—Por supuesto. Todo depende de cada uno —dijo, aunque sin mucha confianza, y añadió un comentario adicional—. Tú puedes forjar tu propio destino.

Ah-young suspiró.

—Creo que yo no podré. Siento que mi vida ya va por un camino sin retorno. Un camino que me ha sido predestinado y del que no puedo escapar por mucho que lo intente, como un bien manufacturado sobre una cinta transportadora. En realidad, ya está decidida la etiqueta que cada uno llevará, pero, como las cuerdas están enredadas y a simple vista es difícil anticipar hacia dónde vamos, abrigamos falsas esperanzas hasta que nos confundimos y nos arruinamos. Al final, nos pondrán la etiqueta sorteada al comienzo.

Ran-hee sintió una punzada en el corazón al escuchar a su hija, cuyo comentario la tomó desprevenida. Le dolía que la niña, aún una estudiante de secundaria, pensara de esa manera. Pero lo que más la atormentaba era que en parte tenía razón, que sus palabras reflejaban en gran medida la realidad, aunque como madre no debía ni quería decirle que estaba en lo cierto, pues deseaba animar a su hija a tener visiones más amplias y mirar hacia horizontes más lejanos.

—¿Piensan igual que tú tus amigos?

—Por supuesto.

—¿Y tú crees en todo lo que acabas de decir? —preguntó Ran-hee.

Ah-young enderezó la espalda y respondió esparciendo con su cuchara el caldo de huesos sobre las hojas de ajonjolí añadidas encima de todos los ingredientes con semillas de shiso trituradas.

—No sé, pero me parece que podemos sentirnos más aliviados si renunciamos pronto a lo que no está hecho para nosotros. Así se evitan falsas esperanzas y esfuerzos vanos.

—Pero ¿cómo puedes renunciar antes de hacer siquiera un intento?

—Es que ya sé que el intento no servirá de nada.

Ah-young lanzó una mirada mordaz a su madre, como si le reprochara que ni ella ni Seong-gon le sirvieron de ejemplo. Pese a estar abatida por su actitud de resignación, Ran-hee reunió fuerzas como las madres hacen frente a sus hijos y preguntó:

—¿No será que dices todo eso porque tú sí quieres cambiar?

—¿Cambiar yo? —la niña se echó a reír—. ¿Qué voy a cambiar? ¿Cómo? Digo que no podría porque realmente no puedo.

—Pero supongamos esto —Ran-hee la interrumpió recordando la conversación que había mantenido esa misma tarde con Seong-gon—. Supongamos que vas cambiando tus hábitos o pequeñas rutinas cotidianas. ¿Me creerías si te digo que de ese modo puedes cambiar tu forma de pensar y, más adelante, tu vida entera?

—No.

La voz tan fría con la que su hija le contestó desanimó a Ran-hee y la conversación entre ambas se cortó. Incluso perdió el apetito. En cambio, Ah-young, en contraste con su tono de autodesprecio y resignación, devoraba enérgicamente el caldo de huesos. Y al pedir por tercera vez a la mesera que le trajera más *kimchi*, dijo:

—Pensándolo bien, creo que tienes razón, mamá. Todos queremos cambiar.

—¿Eso crees?

—Sí, aunque algunos se dan por vencidos incluso antes de intentarlo. Lo que te he dicho son quejas anticipadas, una especie de barrera de defensa para protegerme en caso de que mis intentos acaben mal, para no parecer desesperada, ya que en mi opinión es mejor mantener una postura cínica y decir que no hay nada que se pueda hacer para no sentirse defraudado después.

—¿Y si alguien cercano te anima para que no renuncies y te apoya diciéndote que no estás sola? ¿Cómo te sentirías si otra persona sigue tu cambio y te alienta?

—Eso es muy común. Basta ver los chats abiertos de los mensajes instantáneos, donde hay un montón de propuestas para hacer dieta juntos o para salir a correr regularmente en grupo.

—¿Participas en esos chats abiertos?

—No.

A la pregunta que hizo Ran-hee como madre preocupada por los peligros de la tecnología en la era actual, Ah-young

171

respondió, como toda adolescente, de un modo concluyente, expresando tácitamente que no deseaba alargar la conversación sobre ese tema. Ran-hee sacudió entonces la cabeza para olvidarse de ello y sonrió.

—Lo que te planteo es distinto a las propuestas que dices que hay por doquier en chats abiertos. Presta atención.

Ran-hee le contó a su hija todo lo que escuchó de Seong-gon y en ese momento comprendió la satisfacción que reflejaba su rostro. Al hablar, la idea de lograr pequeños cambios cada día la empezó a entusiasmar, mientras que al aludir a los planes concretos para poner en marcha se sintió tan feliz como si hubiera completado ya la mitad. De repente, vio a su hija concentrada en lo que le hablaba, con ojos brillantes, los oídos abiertos y levantando en lo alto la cuchara que sostenía en una mano.

—No es mala idea. Y tampoco será indiferente la reacción de la gente.

—¿Eso crees? —preguntó exaltada Ran-hee.

—Pero ¿es tu idea, mamá?

Durante un instante, Ran-hee perdió la capacidad de habla, pero enseguida reaccionó.

—No, es de papá.

Ah-young encogió los hombros con algo de tristeza.

—¿Lo has visto?

—Sólo durante un rato.

—¿Aún no quieres saber nada de él? —preguntó Ah-young con la mirada fija en la olla del caldo de huesos.

—Te prohibí hacer esa pregunta, ¿recuerdas?

—Y yo te prohibí que me prohíbas hacer esa pregunta, ¿recuerdas? Tienes que leer más libros sobre psicología infanto-juvenil.

172

—Me importa un bledo la psicología infantil. En nuestra casa, quien toma las decisiones soy yo, ¿está claro? —dijo Ran-hee riendo.

Ah-young sonreía y a Ran-hee le gustaba verla así, aunque su alegría no duró mucho, pues, al pensar en su marido, sintió como si algo pesado aplastara su corazón. Porque, tal como lo vio esa tarde, parecía otro, una especie desconocida y sospechosa creada al inyectar una dosis del hombre que fue en su cuerpo actual.

Pero, fuera lo que fuera, Ran-hee admitió que la última versión que vio de Seong-gon se asemejaba al hombre del que un día se enamoró.

Esa noche, Seong-gon, que difícilmente lograba conciliar el sueño tras pasar horas tratando de ordenar sus ideas, recibió un mensaje de texto de su mujer. La pantalla, que emitía una luz brillante para avisar de la llegada del mensaje, decía: "Parece viable. Ah-young opina igual. No te atrevas a responder a este mensaje".

35

El mensaje llenó de valor a Seong-gon. Aunque tal y como estaban no podían llamarse "familia", sintió en carne propia lo alentador que resultaba y la fortaleza que le daba contar con el apoyo de sus seres queridos. Por eso fue más grande de lo normal su admiración hacia los dueños de muchos de los restaurantes a los que iba a recoger comida para repartir, matrimonios que administraban juntos el negocio. Y el trabajo de llevar esa comida en la hora de la comida lo satisfizo más que nunca. El nombre de Ah-young en el mensaje de su mujer lo hizo aún más feliz y, animado, puso en práctica algo que estaba postergando desde hacía tiempo por falta de valentía.

Por la calle enfrente de la escuela pasaban agrupados los niños que salían de sus clases. Kim Seong-gon localizó con la vista a una niña que bajaba correteando con otra compañera. Era de esas personas con luz propia cuya presencia se notaba incluso en medio de una gran multitud. Hablaba con su amiga. Tenía el rostro iluminado con una sonrisa genuina y verla así alivió a Seong-gon. En cierta medida lo tranquilizaba su cara sonriente, aunque la tuviera sólo cuando estaba con sus amigos, porque en casa se ensombrecía.

Al cruzar la mirada con su padre, Ah-young se quedó petrificada. Como si alguien hubiera apretado el botón de reinicio, la sonrisa se borró de su cara. Había anticipado tal reacción, pero, al verla por sí mismo, Seong-gon no supo cómo actuar. "Es natural que no quiera verme", se dijo tratando de aparentar calma. Su esfuerzo no sirvió de nada, pues Ah-young, como si algo la ahuyentara, aceleró sus pasos sujetando fuerte la muñeca de su amiga, una niña a la que Seong-gon también conocía desde que su hija iba al kínder. Ésta se dio la vuelta al darse cuenta de que el aire alrededor se volvía incómodo. Al ver allí a Seong-gon, corrió para saludarlo, pero inmediatamente volvió junto a Ah-young, que parecía muy triste, como si su amiga se hubiera enterado de su peor secreto. Cuando su compañera se despidió excusándose por tener prisa, los ojos de Ah-young se llenaron de rencor.

—¿Por qué has venido? ¡Qué vergüenza me haces pasar! —le reprochó su hija antes de que Seong-gon pudiera saludarla. Lo de la vergüenza lo dijo en voz muy baja y eso le dolió más.

—Lo siento. Me voy entonces. Vete con tu amiga —dijo sin fuerzas. Pero su hija no se movía.

Frotaba los zapatos sobre el asfalto dibujando círculos, hasta que, por fin, dijo:

—Ya que estás aquí, cómprame *tteokbokki.**

Ah-young aparentaba indiferencia. Aun así, lo que acababa de escuchar de ella alegró enormemente a Seong-gon. No podía reprimir la sonrisa.

---

* Comida ligera preparada con pasta gruesa de arroz y salsa picante. En Corea es especialmente popular entre los adolescentes y la gente joven. (*N. de la T.*)

El pequeño restaurante de meriendas del barrio era otro lugar que la familia de Seong-gon solía frecuentar tanto como aquel del caldo de huesos. El secreto del éxito de este establecimiento era el desinterés de su dueña, tan vieja como su negocio, que trataba por igual a todos, fueran clientes nuevos o habituales, como si los atendiera por primera o por enésima vez. La gente podía estar las horas que quisiera y la dueña no decía nada. Cuando no había mesas libres, eran los propios clientes quienes alzaban la voz o miraban de reojo a los que parecían haber echado raíces ahí, en la silla, para presionarlos tácitamente para que se levantaran. Por eso, quienes frecuentaban el lugar, en vez de llamarlo por su nombre, que era restaurante Arcoíris, se referían a él como restaurante Starbucks, ya que parecía una de esas grandes cafeterías donde uno podía estar horas y horas sin que nadie se percatara de su presencia.

Allí, Seong-gon se sentó con su hija a una mesa de la esquina y saborearon juntos un plato de *tteokbokki*.

—No me mires, que me siento incómoda —le dijo Ah-young, que había crecido mucho desde que no la veía.

—Está bien. Terminamos de comer y te dejo libre. He venido a verte porque casualmente pasaba por aquí.

—Bien. ¿Por qué vendría un padre arruinado a ver a su hija? ¿No?

Seong-gon agachó la cabeza sin decir nada.

Tras vaciar el plato de *tteokbokki*, Ah-young parecía menos impetuosa, quizá porque tenía el estómago lleno. Su voz sonaba más suave, sin tono de irritación.

—Mamá me habló de tu idea. Es interesante.

—Ah, ¿sí?

La niña asintió con la cabeza y preguntó, mirándolo directamente a los ojos:

—Pero ¿es realmente idea tuya?

—Sí. ¿A qué viene esa pregunta?

—Es que no hay nada de ti en esa idea. Al menos, así lo veo yo. En realidad, hoy no pareces mi padre. Te noto raro.

—¿Y por qué? ¿Me notas cambiado?

Confundida, Ah-young movió la cabeza de un lado a otro.

—Es posible. Y creo que has cambiado tanto externa como internamente...

—¿Será porque me he afeitado? Y a ti, ¿qué versión de mí te gusta? O mejor, ¿cuál te parece mejor, el yo antiguo o el actual?

—Qué pregunta más tonta. Ninguno —contestó la niña con frialdad. Pero enseguida añadió—: Sólo te puedo decir que la versión actual es ligeramente mejor que la anterior. Algo trascendental ha debido de ocurrir, porque ibas de mal en peor y esta mejora me sorprende.

Seong-gon rio. Fue la risa más grande y sincera en años.

La conversación entre ambos se cortó otra vez después de salir del restaurante y el silencio reinó durante todo el tiempo que Seong-gon acompañó a su hija hasta la academia de matemáticas.

—¿Qué debo hacer para volver a verte? —preguntó Seong-gon antes de despedirse.

—Papá, preguntas tan complicadas no se les hacen a los hijos, ¿de acuerdo?

Seong-gon asintió a las palabras de su hija, pero no dijo nada. Sólo movió la cabeza de arriba abajo indicando que le daba la razón mientras por dentro abrigaba la esperanza de reencontrarse con su hija la próxima vez como una verdadera familia.

36

En su camino de regreso a casa, Seong-gon pasó a propósito por la calle enfrente de la academia de inglés reprimiendo la risa que se le escapaba a cada momento. Allí saludó con energía al conductor del minibús de la academia, Park Sil-young, y le empezó a hablar.

—Este… Se sorprenderá si le digo esto, pero gracias a usted mi vida ha mejorado un poco.

—¿Gracias a mí?

—A través de sus consejos encontré la pista. Por eso se lo agradezco.

Sin preguntar más, el hombre sonrió diciendo que se alegraba por él, aunque de repente se puso serio y le aconsejó:

—Si me permite decirle una cosa más, ahora es cuando debe tener cuidado.

—¿Cómo?

—El ser humano tiende a volver a su estado original. Es inflexible como una piedra y, cuando está más convencido de que ha cambiado, termina regresando a su estado anterior. ¿Por qué? Porque es más cómodo. Son pocos los que con fuerza de voluntad superan el instinto de regresar a su zona de confort. Sólo quienes logran eso pueden avanzar dejando atrás su yo del pasado.

Tras este comentario, que parecía una adivinanza sin respuesta, el hombre se acercó a los niños que salían de clases.

Kim Seong-gon no le hizo caso. Es más, se arrepintió de haber exteriorizado frente a él su exaltación. Aunque fuera sólo ese día, deseaba que la satisfacción y la felicidad lo embriagaran.

Lamentablemente, tal estado de excitación duró poco. Justo esa noche, como si traicionara su modesta felicidad, recibió una notificación de rechazo de los potenciales inversores a quienes había enviado su idea como propuesta de negocio. Era un resultado que ya había anticipado. Aun así, se desilusionó porque una pequeña parte de él imaginó que, con un poco de suerte, cabía alguna posibilidad de recibir una respuesta positiva. Estaba acostumbrado a la decepción. Pero no por eso pudo evitar suspirar.

—No era el destino. Eso es.

Antes se habría desesperado por el estrés. Sin embargo, ahora sabía controlar sus emociones. No quería ponerse de mal humor por asuntos en los que otros eran los encargados de tomar la decisión final y él no podía hacer nada. Como la dueña del restaurante Starbucks, que se despedía de sus clientes con un simple "hasta luego" en un tono ni frío ni cálido, Kim Seong-gon pasó página sin aferrarse a esa primera contestación negativa a su nuevo reto.

37

Pero cuatro rechazos en apenas dos semanas no eran fáciles de digerir y abrieron grietas en la cotidianidad de Kim Seong-gon, a la vez que sembraba dudas en su corazón. La impotencia se apoderó de él y lo debilitó. A pesar de todo, no se dio por vencido, lo cual era un problema aún mayor.

Sus conocidos lo llamaban "tentetieso" porque, incluso en una situación sin salida, en la que sí o sí debía parar, no lo hacía. Se levantaba cuantas veces cayera y avanzaba hasta culminar la carrera. Tristemente, el desenlace no era siempre positivo. O, hablando con más franqueza, la mayoría de las veces terminaba en un fiasco. Tal vez por eso su vida fue una cadena de fracasos. Aun con este antecedente, no quería dejar su nuevo proyecto a medias. Era demasiado pronto para tirar la toalla, sobre todo porque en su interior todavía había una pasión que lo iluminaba como la luz de una vela inextinguible.

A Seong-gon, que estaba inmerso en cómo zanjar el embotellamiento en el que se hallaba, se le acercó Jin-seok. Acababa de terminar una transmisión en directo por YouTube.

—Usted es especial. En mi canal han subido muchos comentarios sobre el señor Oso, como éste que dice que empezó a ir al gimnasio motivado por usted —dijo Jin-seok estirándose y como si lo que estaba ocurriendo le divirtiera.

—¿El señor Oso? ¿Quién es ése?

Sorprendido por la falta de perspicacia de Seong-gon, Jin-seok lo señaló con el dedo sin decir nada.

—¿Yo? ¿Se refieren a mí?

—Sí. Los suscriptores de mi canal ya le han puesto apodo y todo. Es que aparece vestido con una camiseta con el dibujo de un oso en el video que publiqué.

—No recuerdo haber participado en uno de tus videos...

Seong-gon no podía entender lo que estaba pasando. Pero Jin-seok, despreocupado, se reía y, sin poder parar, señaló la pared:

—Aparecieron esas imágenes.

Eran las fotos que se había tomado para corregir su postura. Había un montón y en todas llevaba la misma ropa: una camiseta ajustada en cuya manga estaba dibujado un oso.

—No fue mi intención filmarlas. Pero un día alguien me preguntó qué eran esas fotos. Le contesté que eran de mi exjefe llevando a cabo una lucha personal. Entonces, muchos de los suscriptores me pidieron que se las mostrara de cerca. Por eso las filmé; además, porque no se veía su cara. La gente empezó a comentar las fotos y su persistencia y yo les conté mi experiencia trabajando con usted, así como los detalles de sus proyectos personales. Creí que el interés por usted quedaría ahí. Sin embargo, unos días después, alguien preguntó si el señor Oso seguía manteniendo la espalda recta. Entonces se convirtió en señor Oso. A la pregunta, yo respondí con total sinceridad: que usted había logrado rectificar su postura y que ya no necesitaba sacarse fotos. Eso fue todo. No hice ni dije nada, pero surgieron algunos suscriptores que decían que querían seguir su ejemplo y fijarse un reto personal —después de hablar casi sin respirar, Jin-seok tomó aire y añadió—: Aunque lo que más preguntaron era de qué marca era su camiseta.

El sobrenombre que adquirió sin que él ni se enterara, señor Oso, lo dejó pensativo. Se sentía extraño, aunque la sensación no era del todo mala al imaginar a gente desconocida alentándolo desde lugares desconocidos. En ese momento, le surgió una idea como un relámpago en su cabeza.

—¿Cuántos suscriptores dijiste que tenías?

—Treinta y siete mil. Mi meta es superar los cien mil, pero no es fácil.

A Seong-gon le brillaron los ojos.

—Tienes una meta demasiado modesta. Al menos, debes llegar al millón de suscriptores.

—¿Eh? —preguntó Jin-seok sorprendido.

—Pero, claro, hay que ir paso a paso. Primero, lleguemos a los cincuenta mil suscriptores esta misma semana. Cuenta con el señor Oso.

Una noche, varios días después, Jin-seok le preguntó a Seong-gon, que estaba sentado a su lado:

—Empezamos la retransmisión. ¿Listo?

Con el heroísmo de un guerrero que lucha contra una invasión extraterrestre a la Tierra, Seong-gon hizo una mueca para responder que sí. Jin-seok empezó a hablar con una voz llena de energía.

—¡Hola! Hoy, como ya les anuncié, es un día muy especial. Muchos me han preguntado por el señor Oso. Pues en esta transmisión en directo le haremos una entrevista. Con todos ustedes, el señor Oso.

Seong-gon apareció ante la cámara vestido con la misma camiseta de las fotos.

—Buenas noches. Yo soy el señor Oso. La marca de la camiseta la mencionaremos sin previo aviso en algún momento durante esta entrevista, así que manténganse en línea —dijo desenvolviéndose con total naturalidad frente a una audiencia invisible.

A partir de ahí, Seong-gon conversó con Jin-seok durante cuarenta y cinco minutos. No parecía su primera vez frente a la cámara, pues hablaba como un veterano presentador. Incluso disfrutaba interactuando con las personas que seguían la transmisión. Y, en el momento más oportuno, sacó el tema del que realmente quería hablar.

—No supe hasta hace unos días que mis fotos habían aparecido en los videos de este canal. Ahora que estoy enterado, me conmueve profundamente que aquí haya personas que me apoyan. Les estoy muy agradecido. Sobre cómo es mi vida actualmente, tengo que contarles que estoy desarrollando una idea para realizar cambios pequeños pero relevantes en mi cotidianidad. A propósito de esto, quiero invitarlos a mi propio canal.

Seong-gon finalizó la entrevista presentando el canal de YouTube que había abierto unos días antes con la ayuda de Jin-seok. Y cuando éste puso fin a la transmisión en directo, le dijo tras un largo suspiro:

—Creo que acabo de iniciar un nuevo proyecto en mi vida.

—Eso me parece a mí también.

Kim Seong-gon rio. Su risa era idéntica a la de la foto que alguna vez estuvo colgada en su pizzería.

38

La gran idea de Kim Seong-gon se llamaba Proyecto Clavo Ardiendo. En un principio, su propuesta era diseñar una aplicación y distribuirla para que, mediante ella, el usuario, sin revelar su identidad, pudiera fijarse sus propias metas, subir fotos todos los días para comprobar su progreso y comunicarse con otros usuarios elegidos mediante un algoritmo que analizaba la compatibilidad recíproca para el envío de mensajes de apoyo.

La premisa más importante de la aplicación era garantizar un anonimato absoluto, mientras que para su puesta en marcha era necesario un fuerte mecanismo de protección con el fin de bloquear de antemano todo posible efecto secundario o factor de riesgo, así como un capacitado personal de gestión. Sin embargo, al haber fracasado todos sus intentos de atraer inversión, Seong-gon no disponía de los recursos suficientes para crear esa aplicación. Por eso decidió abrir un canal de YouTube para dar a conocer su idea y llevar a cabo una prueba beta con un pequeño grupo de participantes.

En su canal, Seong-gon relató su vida sin exagerar u omitir nada: el pantano de fracasos en el que estuvo y el único objetivo que se fijó para escapar de él, los persistentes esfuerzos que hizo para corregir su postura, los nuevos objetivos que se propuso alcanzar por muy insignificantes o triviales que fueran y el apoyo que finalmente recibió de sus seres queridos. El Proyecto Clavo Ardiendo había nacido inspirado no en la vida de terceros, sino en su propia experiencia.

—El éxito no sólo implica resultados grandiosos. A veces sobreestimamos el éxito hasta el punto de dejarnos intimidar e incluso de temerlo, cuando el mero hecho de dar pasos hacia delante con constancia y avanzar puede ser parte del éxito. Lo que he dicho hasta aquí puede sonar como un discurso retórico. Ahora lo que propongo es que caminemos juntos. Cualquier persona pasa por etapas de desilusión y de felicidad a lo largo de su vida. Por tanto, todos deseamos sujetarnos a un clavo ardiendo al caer en una situación desesperante o atravesar un mal momento. Pero algo que se debe tener en cuenta es que cada cual debe decidir qué clavo agarrar, ya que, si otros se lo proporcionan, puede estar demasiado caliente y podemos terminar quemándonos la mano. Este proyecto convertirá ese clavo ardiendo en un flotador e inyectará aire en él hasta que todos ustedes puedan emerger.

Kim Seong-gon explicó que el proyecto consistiría en recibir solicitudes de participación en la prueba beta, escoger entre ellas a los participantes, seguir de cerca sus retos y conectarlos con otros que les pudieran dar fuerzas. Aunque a esas alturas no podía anticipar cómo sería aceptada su idea, hablaba con firmeza y sin ningún tipo de vacilación. Podía sentir el agradable nerviosismo como el de un artista esperando la reacción del público tras presentar por primera vez una obra. Más allá del resultado que tuviera, ya estaba orgulloso de su proyecto.

Para sorpresa de muchos, debajo del video de Seong-gon iban aumentando los comentarios de personas ansiosas por agarrarse a un clavo ardiendo. Era difícil saber cómo se enteraban de la existencia de ese canal o por qué vías llegaban hasta él, pero el número de visitantes ascendía con rapidez. De entre los que revelaban sus objetivos y retos personales, los más frecuentes eran perder peso, obtener buenas calificaciones, hacer ejercicio regularmente, disfrutar de más salud, ser aceptados en la universidad y sacar a flote un negocio, uno en particular llamó la atención de Seong-gon. Su nombre era Kim Si-an, tenía poco más de treinta años y decía:

No salgo de la habitación desde hace tres años. Me encerré tras ser testigo de la muerte de mi novio en un accidente de tráfico y el fallecimiento de mi padre, que se suicidó al ser inculpado injustamente de fraude. Después de tantas desgracias, todo me parecía fútil, peligroso y carente de significado; por eso di la espalda al mundo. Hice muchos esfuerzos por salir de donde estoy, como recurrir a medicamentos psiquiátricos. Incluso llamé al centro comunitario en busca de ayuda. Entonces, representantes de bienestar social vinieron a mi casa e hicieron una limpieza total. Yo les pedí que me tomaran de la mano y me sacaran. Pero no hice nada de eso por mi propia cuenta. La casa empezó a llenarse de nuevo de basura y de objetos inservibles y yo seguía metida en la oscuridad de mi habitación.

Quiero salir de aquí, volver a sentir el mundo como antes. ¿Cambiar? Todos quieren hacerlo aunque no lo digan, pero no se atreven porque tienen miedo. No hacen siquiera el intento porque temen al fracaso, porque no tienen el valor de admitir que desean cambiar. No aspiro a mucho. Solamente a dar tres pasos todos los días para que, una vez acumulados, esos mismos pasos me guíen hacia el mundo al otro lado de esa puerta que me encierra.

Seong-gon eligió a aquella persona como primer participante del Proyecto Clavo Ardiendo. A esta historia, que publicó en su canal, llegaron incontables mensajes de aliento. Y durante una transmisión por YouTube leyó algunos de ellos que creyó que provenían de las personas más apropiadas para apoyar a la protagonista de dicho caso. Ésta, por su parte, envió videos mostrando los tres pasos que se había propuesto dar todos los días y Seong-gon los subió en versión editada para compartirlos.

De este modo arrancó la prueba beta del Proyecto Clavo Ardiendo.

39

Quince días después de revelar su estado y fijar su objetivo, Kim Si-an logró salir hasta la sala de su casa.

Fue por entonces cuando Seong-gon recibió un correo electrónico de alguien de su pasado que recordaba vagamente.

Para su sorpresa, le escribía Jacobo Park Gyu-pal, el niño travieso con quien solía jugar en su infancia. Le preguntaba si era el Kim Seong-gon que conocía y justificaba tan repentino contacto diciendo que le llamó la atención su nombre de usuario de YouTube: Andrés. Seong-gon llamó inmediatamente al número que había en el correo electrónico y, unos días después, ya estaba con él en la cafetería de la terraza del imponente edificio de Nonet Korea ubicado en el centro de la ciudad.

También para su sorpresa, se enteró de que Gyu-pal trabajaba en esa empresa; además, ocupaba el cargo de jefe del Departamento de Apoyo Administrativo. Definitivamente, no era el niño pícaro de antes. Si hubiera sido el personaje de una película biográfica representado por dos actores, uno infantil y otro adulto, habría criticado la abismal incongruencia entre ambos. Así de diferente parecía. Ya no tenía sobrepeso ni una silueta redonda. Era como si los kilos de más se hubieran estirado, ya que era un hombre alto y esbelto para su edad, con rasgos faciales pronunciados, aunque los ojos que antaño estaban llenos de rebeldía denotaban una personalidad más bien mansa. En cualquier caso, y pese a los drásticos cambios en su apariencia, veía cierta correspondencia entre el Gyu-pal adulto y niño tanto en su actitud como en su forma de hablar. Sólo que no podía explicar por qué.

Gyu-pal le contó que los algoritmos de YouTube le mostraron un día su video y que le impresionó especialmente el Proyecto Clavo Ardiendo. Incluso se ofreció a ayudarle en lo que necesitara. Se mostraba orgulloso de sí mismo mientras hablaba sobre el cargo que ocupaba y su trabajo en la empresa. Y cuando Seong-gon le recordó la pesadilla que había sido para él la anécdota del pan y del vino sacramentales, se disculpó riendo. Hablando de recuerdos del pasado, Seong-gon se acordó de otra persona.

—¿Te acuerdas de Julia? ¿Ju-hi?

Ante esta pregunta, a Gyu-pal se le dilataron las pupilas.

—No tengo que recordarla. La veo todos los días —respondió con algo de timidez. Y le mostró una foto familiar.

Kim Seong-gon pudo reconocer inmediatamente a Julia Lee Ju-hi. En la foto estaba ella, igual que antes, al lado de Gyu-pal, en quien era casi imposible encontrar similitudes respecto a la manera en que era en la infancia. Abrazaban a sus dos hijos, que se parecían a ellos cuando eran niños.

Su sorpresa fue grande, pero no tardó en sonreír pensando en que la vida era, en efecto, un misterio.

Gyu-pal seguía vanagloriándose de cómo hacía su trabajo y de ser la persona que coordinaba las ventas. Escuchándolo, Seong-gon se acordó de algo que oyó de su boca hacía décadas.

—Una vez me dijiste que, al fin y al cabo, nacemos para vendernos y comprarnos los unos a los otros. ¿Te acuerdas?

—Por supuesto. Así se sostiene el mundo —dijo Gyu-pal con la misma expresión en la cara que aquella que mostró años atrás frente a la Virgen.

Por eso, gracias a su breve reencuentro con Gyu-pal, Seong-gon se dio cuenta de una verdad muy simple: cambiar de apariencia es fácil, pero no lo es tanto cambiar lo que se lleva dentro. Aunque poco después se topó con otra persona que puso a prueba esa verdad, al aparecer frente a él totalmente cambiada, por fuera y por dentro. Esa persona era Cata.

40

"¿Te acuerdas de mí?"

Al leer esta frase entre los correos recibidos, el corazón le empezó a latir muy fuerte. Era lo que estaba esperando, por eso automáticamente se fijó en el teléfono anotado al final. Nervioso, sin saber exactamente por qué, Seong-gon marcó el número. La espera hasta escuchar la voz de Cata al otro lado de la línea fue un poco larga, pero aún más larga su vacilación antes de decidir reencontrarse con ella. Necesitaba valor, mientras que por dentro sentía una tristeza por el tiempo que había transcurrido desde la última vez que se vieron. Aunque más fuerte que su indecisión fueron sus ganas de volver a ver a Cata, a Cha Eun-hyang.

Cuando se encontró con ella, Seong-gon supo exactamente la razón de su nerviosismo. Los tristes presentimientos siempre acertaban. La alegre de Cata estaba hecha una mujer de mediana edad y tuvo que tratar de ignorar los años, así como las heridas que debió de sufrir a lo largo de su vida y que se dejaban notar en toda ella borrando el brillo de su juventud.

—¿Qué tal todos estos años, Andrés?

Lo único que no había cambiado era su voz, clara y aguda.

Al llegar a Dallas, Estados Unidos, Cata sufrió una desgracia tras otra, como si fuera pisando minas en un campo de batalla. Primero, en un tiroteo en el restaurante de su familia murieron su padre y su madre. Por ello se vio obligada a dejar los estudios. Luego se casó, imaginando con ilusión una mejor vida dentro del matrimonio y una nueva familia. Por desgracia, eso no ocurrió, pues su vida marital estuvo marcada por la violencia y los reiterados engaños de su marido hasta llegar a su fin tras un complicado y estresante proceso de divorcio. Cuando todo terminó, Cata estaba mal física y emocionalmente; por eso decidió regresar a Corea. A Seong-gon le contó que trabajaba como profesora de inglés.

—He reflexionado muchísimo sobre la vida, Andrés.

Seong-gon experimentó una sensación inexplicable al escuchar a alguien llamarle Andrés por primera vez en mucho tiempo.

—He reflexionado sobre si todo está escrito en el destino o si mi vida era la consecuencia de todas mis acciones y decisiones —continuó Eun-hyang—. Pero, llegado un momento, concluí que la vida había que aceptarla así, sin más. Entonces me sentí aliviada. Como nada iba a resultar según mi voluntad, no tenía por qué esforzarme. Pero, en cierta medida, me sentía vacía. En eso, me escribiste y vi el video sobre tu proyecto.

Sí, fue Seong-gon quien contactó primero con Cata. O, más exactamente, envió el enlace de su canal de YouTube a su dirección de correo electrónico de cuando estaba en la universidad, la cual tenía memorizada. No tuvo una razón en particular. Sólo se acordó de ella y decidió enviarle el enlace, acompañado de un breve mensaje, sin anticipar entonces que ese contacto virtual permitiría su reencuentro.

Seong-gon tampoco sabía si la vida era, como alegaba Eun-hyang, el conjunto de las consecuencias de sus acciones y decisiones o si era el destino lo que llevaba a cada persona por caminos impredecibles.

—Andrés, veo que dentro de ti hay todavía semillas que esperan el momento de echar brotes. Yo también las tuve, pero ya no. No pido mucho. Sólo que la vida fluya, aunque sea de vez en cuando, hacia la dirección en la que intento llevarla. Tener pleno control del volante de mi vida en vez de que la vida me arrastre. ¿Pido demasiado? Lo que propones en tu proyecto son objetivos cotidianos, más pequeños, no de nivel macro, ¿cierto?

De repente, Cata paró de hablar y se ensombreció. Pero enseguida retomó la palabra poniendo una expresión de lo más alegre:

—¿Quieres que te diga algo gracioso? No sé conducir, y eso que he vivido en Estados Unidos, donde el coche es indispensable. En cierto sentido, el no saber conducir me hace especial, ¿no crees? De niña vi de cerca un accidente de tráfico. Esa experiencia me traumatizó y no he querido conducir por temor a causar o sufrir un accidente. Como ese trauma, las grandes y pequeñas desgracias que sucedieron en mi vida alimentaron mis miedos. Una vez, después de discutir en el coche con mi ex, me bajé en mitad de la nada, en medio de una carretera, y me vi obligada a regresar a casa pidiendo aventón. Tuve que subir en más de cinco coches hasta llegar a casa.

—Si para ti la vida es como estar al volante, ¿qué tal si aprendes a conducir? Al menos, tu coche avanzará hacia la dirección que tú desees y también podrás regular la velocidad. Podrás detenerte y acelerar cuando quieras.

Cata apoyó la barbilla sobre las manos y miró directamente a los ojos a Seong-gon.

—Alguna vez pensé en hacerlo. Pero desistí. Es la primera vez en mucho tiempo que vuelvo a planteármelo.

Eun-hyang, o Catalina, o Catherine, o Cata, sonrió.

Una semana después, Seong-gon recibió un mensaje de texto de Cata. Le hablaba de su decisión de, por fin, aprender a conducir y le adjuntaba una foto sentada al volante con el pulgar levantado.

> Andrés. Deseo de corazón que todo
> lo que hagas resulte tal y como
> anhelas. Por mi parte, también
> trataré de mantenerme de pie yo
> sola. Hasta que el clavo se
> convierta en un gran flotador.
> O mejor, ¡hasta que pueda emerger
> gracias a él!

Del mensaje, Seong-gon percibió que Cata recuperaba la refrescante energía que antaño solía emitir, salpicando todo a su alrededor.

41

En sincronía con estos reencuentros inesperados, en la vida de Kim Seong-gon empezaban a suceder cambios pequeños y grandes. Su canal de YouTube seguía ganando suscriptores mientras que los participantes de su proyecto iban cumpliendo lo que se habían propuesto ayudados por las personas que les enviaban su apoyo y solidaridad.

La protagonista del primer caso, Kim Si-an, logró atravesar el umbral de su casa y salir a la calle sola dando tres pasos cada día como había prometido. Y el video editado que mostraba sólo sus pies reunió una interminable lista de comentarios, en tanto que el discurso que escribió bajo el título de *Pasos* fue aplaudido por miles de personas.

Renuncié al cambio sin siquiera intentarlo por miedo, por falta de confianza en mí misma. Pero el apoyo anónimo de tanta gente me dio fuerzas y pude salir de mi habitación. Esta experiencia no la cambio por nada del mundo.

Ahora me retiro del Proyecto Clavo Ardiendo. Puede que después de un tiempo vuelva a meterme en mi habitación, aunque de una cosa estoy segura: como ya sé qué se siente al superar el miedo e intentarlo sin renunciar, podré salir de nuevo de ese cuarto cuantas veces me esconda ahí, la próxima vez por mi cuenta, sin la ayuda de nadie. Doy las gracias a todos por acompañarme en mis pasos, por su solidaridad.

La modesta victoria de la primera participante del Proyecto Clavo Ardiendo conmovió profundamente a Seong-gon.

Aparte de ella, un hombre que casi no hablaba con su mujer pudo romper el hielo tras proponerse enviarle breves mensajes de texto todos los días como parte del proyecto. También un técnico informático, que aspiraba a ser artista, presentó en un concurso internacional de arte una obra, después de trabajar en ella en sus ratos libres, mientras que un banquero que no había podido corregir el mal hábito de morderse las uñas empezó a subir fotos mostrando cómo sus uñas crecían día a día.

Así, objetivos íntimos y registros sobre los esfuerzos de cada persona iban acumulándose, corroborando que el propósito de aquel proyecto no era alcanzar las metas fijadas, sino cambiar mirando hacia esas metas, hacer una evaluación objetiva de uno mismo, esforzarse por ser un poco mejor mañana y dejar atrás el sentimiento de derrota.

El antónimo de éxito es fracaso.
Pero lo opuesto de cambiar es no hacer nada.
¡Emerjamos con nuestro propio clavo!

Seong-gon escribió estas frases para promocionar su proyecto en su canal de YouTube. Aunque éste marchaba bien, necesitaba sistematizarlo antes de que aumentaran los participantes. Primero, era necesario crear una red de gestión de inteligencia artificial. Por eso justamente buscaba inversores. Además, contar con personas influyentes le sería de mucha ayuda para impedir que otros le robaran su idea, que ya estaba bastante expuesta en las redes.

Al concluir exitosamente su reto el décimo participante, Seong-gon redactó un informe sobre la prueba beta del Proyecto Clavo Ardiendo y retocó su propuesta de negocio. A medida que iba escribiendo, lo invadió una enorme satisfacción ante la infinita expansibilidad del proyecto, pues era aplicable no sólo a particulares, sino también a escala empresarial y hasta social como una clase de campaña sobre el respeto al ser humano y la ayuda al prójimo.

Si antes, cuando daba con alguna buena idea, actuaba con entusiasmo exagerado, Seong-gon ya no se comportaba de esa manera. Era más prudente y, sobre todo, más responsable, pues ya no pensaba sólo en sí mismo y en su propio bienestar, sino también en cómo podría ayudar a los demás a mejorar sus vidas.

Andrés Kim Seong-gon estaba muy lejos del éxito, según la definición que solía dar a esa palabra, y seguía viviendo momentos difíciles de frustración y angustia. Pero la diferencia respecto a su yo del pasado era que en esas horas de debilidad ponía rectos los hombros y se esmeraba en identificar con claridad sus sensaciones y percibir los estímulos que le llegaban sin desfigurarlos. Esta actitud fortaleció su corazón y su mente.

Jin-seok, mientras tanto, componía en sus ratos libres a la vez que trabajaba como repartidor. Tenía ya una banda especializada en música de los ochenta. La integraba junto con personas que conoció en internet y que, como él, tocaban o cantaban paralelamente al oficio que ejercían para ganarse la vida. Por eso bautizaron la banda como De Rato en Rato, porque como grupo de música podían ensayar o actuar sólo cuando disponían de tiempo libre. En ese momento estaban concentrados en la producción de su primer sencillo; Jin-seok se desvelaba componiendo en el estudio de Seong-gon y al día siguiente iba a ensayar.

Seong-gon apoyaba sinceramente el sueño de juventud de su compañero de apartamento, que empezaba a florecer en un rincón del espacio viejo y mal decorado que compartían. Tanto él como Jin-seok estaban aún en la sombra. Pero las palabras que intercambian de vez en cuando como bromas y sus miradas fijas en el futuro eran tan resplandecientes y esperanzadoras como las de una persona de pie bajo el sol.

Todos los días Andrés Kim Seong-gon salía a trabajar, aunque no tenía un horario que cumplir ni jefes a quienes obedecer para entregar pedidos de comida en su bicicleta.

Deseaba que los dueños de los restaurantes fueran sinceros y preparasen la mejor comida posible y que ningún repartidor que trabajaba en estas tierras se lastimara. Deseaba alegrar con la comida que llevaba a la persona que la recibía y que esta persona contagiara su felicidad a otros. Y así, al final de esta cadena de deseos, se descubrió a sí mismo anhelando la paz del mundo.

Sin embargo, tanta buena vibración se apagaba cuando de repente veía su reflejo en el escaparate de alguna tienda y encontraba ahí a un hombre ordinario que no pasaba de ser un repartidor cuya propuesta de negocio habían rechazado potenciales inversores hasta en siete ocasiones.

La diosa del destino estaba de brazos cruzados dándole pruebas para ver hasta dónde aguantaba. Pero Kim Seong-gon no lo sabía y por eso podía levantarse todas las mañanas, salir a trabajar como si nada y vivir esforzándose por ser cada día una mejor persona.

42

A la salida del trabajo, Ran-hee se conectó al canal de su esposo. Aunque disimulaba, sabía que su hija estaba contenta de ver a su padre entusiasmado por un nuevo proyecto y eso la motivó a suscribirse a su canal sin decir nada a nadie. Estaba frente a un cruce peatonal y, cuanto levantó la cabeza, vio a Seong-gon ahí parado. Como si por telepatía ella lo hubiera llamado a donde estaba.

Seong-gon se acercó a Ran-hee, inmóvil por la sorpresa, y le entregó algo en la mano. Era una pequeña hoja de arce de color amarillo claro, con sutiles matices del verde como el de las forsitias al comienzo de su época de floración, difícil de encontrar en pleno verano, menos en una ciudad.

—He visto arces que ya empiezan a cambiar de color, y eso que todavía estamos en verano —dijo Seong-gon con voz suave.

—¿Ya cambian de color? —preguntó Ran-hee.

—Hum… —Seong-gon se quedó pensativo por unos minutos y dijo—: Bueno, al menos, yo noto eso.

Ran-hee tomó la hoja de arce y la examinó con la seriedad de una científica. Pero, sintiendo la mirada de Seong-gon, volvió a activar sus defensas.

—¿Qué miras?

—Es que luces muy tierna.

—¿Qué pretendes? ¿Estás tratando de seducirme o algo por el estilo?

—Tal vez.

—No podrás ni con todo el oro del mundo. Mucho menos con una hoja.

—Tiene un color similar al del oro —dijo Seong-gon con ojos traviesos y colmados de felicidad.

Como la vida está llena de misterio, ese día ocurrió algo que nadie habría imaginado por la mañana. Ran-hee y Seong-gon salieron a cenar, se tomaron de la mano, se abrazaron por la cintura, se besaron y pasaron la noche juntos. Cuando se dio cuenta realmente de lo que había sucedido, Ran-hee se culpó por haberse dejado llevar y le empezó a doler la cabeza, porque no cabía duda de que entraba de nuevo en un terreno que no debía.

Seong-gon seguía dormido de espaldas a ella. Ran-hee se sintió aliviada al no tener su rostro enfrente. No quería ni imaginar la incomodidad que supondría estar cara a cara con él.

—¿Sabes? Me gustó que tu mirada no fuera tan ardiente como antes. Tu exceso de pasión a veces me agobiaba. Hoy me he sentido relajada porque en tus ojos sí había llama, pero era moderada y cálida como la de una vela —murmuró Ran-hee sin saber si él la escuchaba o no.

Y siguió hablando, pero no tanto a Seong-gon, ya que más bien era una confesión sobre lo que sentía y pensaba ante su cambio, las ganas que ocultaba de apoyarlo aunque albergando un gran miedo a volver a cometer los mismos errores del pasado y lo que significaba para ella la familia.

Mientras tanto, Seong-gon seguía dormido. Su espalda se movía al compás de su respiración..

Ran-hee cerró los ojos y continuó. Pero, de repente, percibió que el aire había cambiado. Al abrir los ojos, se llevó un susto. Apenas a unos centímetros de su cara estaba la de su marido.

—Dios mío —gritó. Seong-gon la abrazó.

—Oye —dijo él en voz baja—. Me siento más vivo que nunca.

—Eso veo.

Ran-hee trató de salir de aquella situación con una risa cínica, pero notó en el rostro de su esposo una expresión que nunca había visto. Una expresión dolorosamente seria.

—No, de verdad. Me siento vivo y siento que todo lo que me rodea está lleno de vida. ¿Me entiendes? Me parece una bendición estar vivo —exclamó Seong-gon colmado de felicidad, casi en éxtasis.

Ran-hee no quiso estropear el momento. Por eso dijo:

—Yo también.

Pero, en el fondo, ella se sentía igual.

43

¿Cuánto duraría la modesta felicidad de Seong-gon? Si el destino seguía ignorándolo, ¿cuánto podría aguantar?

Y como obra del destino, una tarde, cuando estaba más cansado de lo acostumbrado y aun así dedicó un rato a ejercitar la sonrisa ante el espejo reuniendo hasta la última gota de energía que le quedaba, se vio en una encrucijada. Andrés Kim Seong-gon optó por uno de los caminos. A partir de ahí, todo cambió.

Ese día nada le salió bien. Hacía mal tiempo y las avenidas estaban congestionadas desde muy temprano. Antes del mediodía, Seong-gon ya había sido rechazado trece veces y regresaba a casa. Esa mañana había decidido no trabajar y se vistió con su mejor ropa para una entrevista de apenas diez minutos, al cabo de la cual rechazaron su propuesta de negocio. La mala fortuna estaba con él y parecía que jamás llegaría el golpe de suerte que necesitaba.

En vez de volver a casa, Kim Seong-gon fue al cementerio donde descansaban sus padres, en las afueras de la ciudad. Frente a sus fotos, que veía después de muchísimo tiempo, estuvo allí de pie un buen rato sin decir nada, como si pidiera perdón, y se dio la vuelta. Ni siquiera se despidió. Era como si tuviera piedras en el corazón y su autoestima estaba por los suelos. Se sentía poca cosa.

En ese instante, Kim Seong-gon empezó a reír. Primero fue una sonrisa ligera, pero luego se convirtió en una risa fuerte, casi una carcajada. Iba en el coche conduciendo mientras que delante veía la carretera vacía y el cielo azul. Se acordó de lo que le había dicho a Cata. Al menos, el coche que conducía avanzaba y él estaba al volante. Su vida, aunque no iba según sus planes, también avanzaba y se encontraba en un camino que él mismo había escogido. Ésa era una razón suficiente para reír.

Kim Seong-gon estaba orgulloso de sí mismo, de su capacidad de reír incluso en una situación desesperante. Se miró en el espejo del coche. Ahí estaba un hombre decente. Sólo lamentaba no poder compartir ese sentimiento de orgullo propio con otros.

De repente, una luz increíblemente brillante lo cegó y sintió un fuerte golpe. Perdió la conciencia durante un breve momento.

Un sonido punzante estimuló sus oídos. Abrió lentamente los ojos. Vio el cristal delantero roto y borroso el paisaje. En la carretera estaba detenido un camión de una tonelada y media y un autobús turístico volcado. Una motocicleta se perdía en el horizonte. Trató de recomponer su memoria. El camionero había girado súbitamente para esquivar la motocicleta y el autobús volcó al chocar contra la valla de protección. Seong-gon frenó automáticamente y su coche apenas rozó el amortiguador trasero del autobús. Así pudo evitar lesiones más graves.

Mareado, salió del coche. El camionero vomitaba, mientras el autobús emitía un gas negro muy sospechoso. Vio a los viajeros ahí dentro. Su cerebro le ordenaba alejarse del lugar, llamar a emergencias y mantener la distancia. Sin embargo, sus pies ya habían empezado a dar pasos en dirección a ese vehículo. Los viajeros encerrados en el autobús que estaba volcado golpeaban desesperadamente las ventanas. Parecían simbolizar una metáfora de la vida. Se acordó en ese momento de Kim Si-an, la primera participante del Proyecto Clavo Ardiendo, que no se atrevía a salir de su habitación. Entonces sintió el impulso de demostrar que echar una mano podía salvar vidas. Kim Seong-gon trepó sobre el autobús y tomó el martillo que uno de los pasajeros le pasó por una abertura de la ventana. Con todas sus fuerzas empezó a romper el cristal. Primero rescató a tres niños y dos mujeres para que los cuidaran. Luego sacó por una ventana semiabierta a dos hombres que le podrían ayudar. Por su rostro empezaron a correr gotas de sudor mezcladas con sangre. Pero, sin darse cuenta, continuó con la tarea de rescate.

Ese día, Kim Seong-gon salvó a dieciséis personas.

44

Algo increíble ocurrió después y muy rápido.

La gente de esta era exigía el nacimiento de héroes. Deseaba ver corazones bondadosos que hacían el bien sin pedir nada a cambio. Y, obviamente, querían convertir en héroe al hombre que se había sacrificado para salvar a otros, para de algún modo encontrar una esperanza en este mundo cruel. Después de la cobertura de prensa de aquel accidente, que por suerte no resultó ser un gran desastre, la atención empezó a centrarse en el hombre cuyo acto valeroso quedó grabado en las cajas negras de los vehículos en el lugar de los hechos. En la entrevista dijo que había hecho lo que podía y eso conmovió aún más al público. Se desató toda una guerra mediática para descubrir quién era, antes que los de la competencia.

En medio de aquel alboroto, el logotipo del Proyecto Clavo Ardiendo que ese mismo hombre había diseñado y pegado en su coche fue revelado en un reportaje. Incluso un famoso cantante escribió en las redes sociales un comentario sobre él llamándolo "héroe". Así, el nombre de Kim Seong-gon se convirtió en el más buscado en internet y el número de suscriptores a su canal aumentó exponencialmente en cuestión de días.

Como todos los medios querían entrevistar a Kim Seong-gon, tenía más oportunidades para dar a conocer el Proyecto Clavo Ardiendo. El público, ante la aparición de un nuevo héroe ciudadano, estaba empecinado en lograr que ese proyecto suyo, que emprendió muy oportunamente de buena fe, fuera un éxito.

Andrés Kim Seong-gon estaba conmocionado ante tanta buena suerte. Participó en siete programas de televisión y fue entrevistado catorce veces. También le volvieron a llamar las personas a las que había recurrido para obtener inversión. Ahora era él quien tenía en sus manos varias ofertas de inversores y podía elegir.

Una noche durante aquellos días de aturdimiento y confusión, Seong-gon se sentó con Jin-seok con un vaso de Coca-Cola Zero. Era el último día que compartía con él en su apartamento, ya que Jin-seok estaba todos los días en la sala de ensayos con su banda y él había vuelto con su familia después de pasar aquella noche con Ran-hee.

Estaban allí para sacar sus cosas, pero, al ver el espacio ya casi vacío, los invadió una profunda nostalgia. De pronto, Jin-seok preguntó:

—¿Qué hago si no sale como esperaba algo que ha consumido toda mi energía?

Era inminente el lanzamiento del primer sencillo de la banda De Rato en Rato, que para Jin-seok representaba prácticamente su primer contacto real con el mundo más allá de la pantalla de su computadora. Jin-seok era un parlachín cuando se ponía en el papel de *youtuber* que no le exigía tener contacto presencial con otros seres humanos o cuando estaba con Seong-gon, con quien decía que se entendía a la perfección. Sin embargo, grabar un disco con otros miembros de la banda, coordinando detalles y a veces discutiendo sobre partes en las que no estaba de acuerdo, era todo un reto para él. Es más, ya estaba bastante cansado.

—¿Tienes miedo?

—Sí. Tengo miedo a equivocarme y a fracasar. Pero, sobre todo, tengo miedo a volver a sufrir —confesó Jin-seok.

—Escucha bien, porque te lo voy a decir sólo una vez. Lograr todo de golpe es imposible. El mundo no es tan generoso. Aun así, no debes renunciar. Aunque nada te salga bien, tienes que seguir intentándolo.

—¿Hasta cuándo?

—Hasta el final.

—¿Cuándo llega el final?

—Lo sabrás cuando llegue, aunque nadie te avise. Se acabará la situación en la que insistías o bien tu fuerza de voluntad.

—¿Y qué hago después?

—Tienes que empezar de nuevo.

—¿Qué?

—Lo que sea. Lo que puedas: ejercicio, estudiar, leer o aunque sea corregir la postura, como hice yo. Debes decidir por ti mismo cómo empezar de nuevo y dónde hacerlo.

Jin-seok asintió con la cabeza y miró alrededor.

—Gracias por todo. Este lugar ha sido como un nido para mí.

—Ahora tienes que romper el cascarón y volar por el mundo. Y yo también.

—Lo haré.

Los ojos de Jin-seok brillaban mientras una suave sonrisa se dibujaba en sus labios. Seong-gon retiró de la pared las fotos que se tomó mientras intentaba corregir la postura. Lo conmovió el hecho de que acciones tan pequeñas y aparentemente insignificantes pudieran encadenar tan grandes cambios y permitirle llegar al lugar donde ahora se encontraba.

Cuando estaba a punto de despegar la última foto, sonó su teléfono. El timbre parecía una alarma e hizo eco en todo el apartamento. Se acercó a la mesa. Ahí estaba su teléfono, mostrando en la pantalla el nombre de Park Gyu-pal. Era Jacobo. Contestó. Mientras escuchaba la voz al otro lado de la línea, su cara palideció. No dijo nada, sólo un sí que repitió varias veces hasta colgar con la mirada perdida.

—¿Pasa algo? —preguntó Jin-seok intuyendo que algo iba mal.

—Quiere que nos veamos.

—¿Quién?

—Ja… Ja…

Seong-gon emitió suspiros cortos que sonaron como risa, soltando aire por la boca.

—Dice que quiere verme. Hablar sobre el Proyecto Clavo Ardiendo.

—Pero ¿quién?

—Glenn Gould.

45

Kim Seong-gon entró en el edificio de Nonet, de un diseño arquitectónico que armonizaba magistralmente lo artificial con lo natural. Algo inimaginable le estaba pasando, pues se hallaba en ese lugar para encontrarse con el fundador de esa empresa, que estaba de visita sorpresa en Corea, cuyo único vínculo con Nonet eran las noticias que de cuando en cuando leía sobre el valor de sus acciones. Al saludar a Gyu-pal, que estaba en la entrada para recibirlo, se mordió suavemente los labios. A causa de los nervios, sintió como si su cuerpo se encogiera.

Tras atravesar el vestíbulo, tan lujoso como el de un hotel de cinco estrellas, y la sala de espera VIP, Seong-gon se subió al ascensor de cristal. Caminó por un espacio totalmente blanco al que no veía utilidad alguna. Al fondo, una mujer estaba sentada en un sofá esperándolo. Era Gwon Cha-youn, la directora general de Nonet Korea. La conocía por la televisión. La mujer se levantó para saludarlo, indiferente, como si lo conociera de toda la vida. Después de intercambiar unas palabras de puro formalismo, se hizo a un lado para presentarle a la persona que estaba detrás.

Sonrisa segura, actitud impecable y peinado perfecto, exactamente igual como los vio en la televisión. Ahí estaba ese hombre excéntrico que decía que mantenerse tal y como era por fuera y por dentro era su forma de autoadministración. Era Glenn Gould.

A Seong-gon todo le parecía irreal. Y la sensación de estar en otro mundo o conectado a la realidad virtual, que empezó a tener al entrar en ese edificio, se intensificó al verlo. Decidió entonces aprovechar al máximo su estado para tratar con el hombre que tenía enfrente.

—Mucho gusto. Soy Andrés Kim Seong-gon —se presentó en un inglés pobre, pero con voz segura, extendiéndole la mano como saludo.

Glenn Gould tomó su mano y le tocó los hombros. Así se desmoronó la barrera psicológica entre ambos y, por la expresión facial del otro, Seong-gon presintió que había pasado la primera prueba.

Glenn Gould le habló de la fuerte impresión que se llevó al ver su video, que encontró por casualidad mientras reflexionaba sobre el nuevo negocio que su empresa estaba a punto de emprender en el campo de las comunicaciones. En ese momento, Gyu-pal interrumpió para alardear de que él ya le había hablado a la directora general de Seong-gon. Pese a esta intromisión, la conversación fluyó con naturalidad. Seong-gon se extrañó de poder entender casi todo lo que le decía Glenn Gould pese a que hablaba en inglés y no había interpretación simultánea.

Minutos después, dos cocineros entraron con una mesa amplia con ruedas y, de pronto, él, Gyu-pal, Gwon Cha-youn y Glenn Gould estaban compartiendo una comida de lo más lujosa. Glenn prestaba atención a sus palabras con seriedad, pero siempre con una sonrisa en el rostro. También llenaba a menudo su copa con vino para que nunca se vaciara.

Seong-gon estaba dispuesto a aprovechar al máximo la situación. Por eso, durante toda la comida, hasta el momento del postre, ofreció interminables explicaciones sobre el Proyecto Clavo Ardiendo. Finalmente, Glenn Gould sacudió la cabeza, expresando en silencio que ya estaba harto.

—Habla usted demasiado. Es suficiente. Ahora quiero disfrutar en silencio mi postre.

Tan súbita reacción enmudeció a Seong-gon. También se pusieron serios Gyu-pal y Gwon Cha-youn. Durante un minuto nadie habló. Esos sesenta segundos fueron como una tortura, pero lo único que podía hacer era comer su postre sin decir nada. Glenn Gould masticó el último pedazo del pastel de limón y se enjuagó la boca con champaña, haciendo mucho ruido.

—Trabajemos juntos —dijo.

—¿Cómo? —preguntó Seong-gon desprevenido.

Por la manera en que lo dijo, parecía estar anunciando una elección de todos los días; por ejemplo, qué comer en el almuerzo. Ahí estaba omitido el proceso tan exigente y meticuloso al que se referían los medios al describir cómo ese empresario decidía una inversión. También se sorprendieron Gyu-pal y la directora general de Nonet Korea. Claramente, no habían sido avisados de lo que haría su jefe.

—En realidad, había decidido invertir incluso antes de verlo aquí. Pedí organizar este encuentro sólo para verificar si mi decisión era la acertada. Su propuesta es atractiva y me impresiona muchísimo. Por supuesto, si no le interesa, puede rechazar mi oferta, aunque no le vendrá mal aceptarla.

Glenn Gould hizo un gesto con los ojos para enfatizar las últimas palabras. Andrés Kim Seong-gon se frotó las manos sobre los pantalones para limpiar el sudor e hizo la siguiente pregunta, aun a sabiendas de que podría estropearlo todo:

—Pero ¿a qué se debe su decisión?

Las pupilas de Glenn Gould se dilataron y se levantó lentamente.

—Le contaré una historia que nunca le he dicho a nadie. Cuando tenía unos cinco o seis años, me quedé encerrado en el sótano de mi casa. No había nadie y todo estaba oscuro. Sólo podía ver muy difusamente unas escaleras. Pero, como era un niño, ni se me ocurrió subir por ellas a tientas y salir de ahí porque tenía miedo a moverme. Así que me acurruqué y permanecí en ese estado durante un buen rato, hasta que recapacité y me dije: "Debo pensar de otra manera y salir de aquí". ¿Qué hice después? Simple. Me puse de pie en la oscuridad, corrí hacia las escaleras, subí y abrí la puerta. La abrí con sólo tocarla, muy fácilmente —respiró—. A decir verdad, aún me estremezco al hablar de esa experiencia porque fue traumática para mí. Todavía recuerdo lo reales que eran los monstruos y los fantasmas que poblaban mi imaginación, mientras temblaba en la oscuridad. Incluso aparecen hoy en mis sueños de vez en cuando y me siento amenazado. Pero el lema de mi vida es romper el marco y usted me hizo recordarlo. De verdad, me conmovió. Personas como usted no existen. Hay quienes se convierten en héroes por pura casualidad. Pero pocos son tan perseverantes como para hacer un esfuerzo continuo a fin de lograr un cambio, que a primera vista carece de sentido, y desarrollar esa experiencia en una idea de negocio para poder compartir la verdad que aprendió con otros. Usted es digno de ejercer su influencia en este mundo.

Quiero ser su amigo desde el momento en que me preguntó por qué, mirándome a los ojos y sospechando si no estaba siendo engañado por un estafador.

Kim Seong-gon bajó la mirada y vio el pastel de fresas en su plato. El pastel, cubierto de chocolate, llevaba como decoración un arcoíris hecho con oro comestible, mientras que sobre el mismo plato había tres puntos de jarabe de chocolate formando un triángulo. Miró fijamente como si quisiera grabar esa imagen en la mente. Aquel pastel de fresas quedaría como el recuerdo de ese día.

46

Esa noche, Kim Seong-gon gritó en cada esquina donde no había gente sin poder contener la euforia que crecía en su interior.

En realidad, no era la primera vez que gritaba y temblaba por una emoción irreprimible. También lo hacía cuando la desesperación se apoderaba de él y no sabía qué hacer con ella y lloraba golpeando el suelo hasta lastimarse las manos. Pero ahora lo hacía por motivos totalmente opuestos. Era euforia, felicidad inmensurable, lo que lo estremecía. E igualmente lloró, temblándole las manos y mordiéndose los labios, no porque estuviera triste, sino porque la vida le compensaba por todas las desgracias que le hizo pasar.

Ran-hee estaba regando las plantas. Por eso, cuando su marido abrió de golpe la puerta, levantó la regadera para defenderse por si era un intruso. Seong-gon, con la cara roja de excitación, se arrodilló y empezó a llorar como si el mundo se hubiera acabado. Ran-hee, anticipándose a lo peor, contuvo la respiración y trató de mantener la calma. Apenas pudo respirar cuando su marido terminó de contar lo que le estaba sucediendo.

—Pasé todo lo que pasé para esto —seguía llorando—. Para esto. Para llegar hasta aquí.

Las últimas palabras no se oyeron bien por el llanto. Ran-hee puso la regadera sobre la mesa, se arrodilló y lo abrazó.

—Te odié. Te odio todavía. Pero tengo que admitir que realmente te has esforzado muchísimo —murmuró—. Te lo mereces.

Todo lo que dijo lo hizo con total sinceridad. Aún no podía olvidar el dolor y los sufrimientos que había vivido por culpa de su marido. Sin embargo, en su corazón quedaba esa última llama (llámese amor, pasión o camaradería) hacia Seong-gon. Y eso es porque sabía que era un hombre de buen corazón, un hombre decidido pese a los muchos fracasos y frustraciones que tuvo a lo largo de su vida.

La pareja se dio cuenta de que su hija estaba ahí también. Seong-gon se acercó, pero su hija se le adelantó y lo abrazó fuerte. Ran-hee los besó. De lejos, los tres parecían como uno solo. Estaban unidos como si nada ni nadie de este mundo los pudiera separar. Todo era perfecto.

47

Lo que ocurrió después fue mágico. La prensa publicó incontables reportajes con fotos de Kim Seong-gon al lado de Glenn Gould, bajo el título de "Héroe ciudadano se alía con Glenn Gould".

La historia de Seong-gon era material de telenovela. Todos estaban fascinados con él y con su vida como un hombre fracasado que logra salir del oscuro túnel para convertirse en un héroe y firmar un pacto de inversión con uno de los empresarios más influyentes del planeta. Había un enorme interés en la trayectoria de su vida y las fotos con la camiseta de oso, que aparecieron en un video que Jin-seok subió en su canal de YouTube, circulaban por doquier en internet como meme.

La gente estaba enamorada de él. Seong-gon era invitado a programas televisivos y ahí contaba cómo había sido su vida mientras sus anteriores fracasos servían para engrandecerle aún más ante los ojos del público. Los tiempos actuales demandaban una figura como la suya para encontrar una luz de optimismo en un mundo lleno de angustia y desesperanza. Incluso su amistad con Jin-seok, que traspasaba la barrera de la edad, llamó la atención. Y, con ello, la original música de la banda De Rato en Rato y su tema principal "Tum, tum" empezaron a hacerse famosos.

El Proyecto Clavo Ardiendo marchó viento en popa gracias a la sólida inversión de Glenn Gould y Nonet, y Kim Seong-gon fue nombrado máximo representante. Programadores e ingenieros se sumaron al proyecto y las reuniones sobre métodos de sistematización y gestión se alargaban hasta altas horas de la noche. Nonet promocionó el proyecto en un portal de internet que compró, atrayendo la atención de gente interesada en guiarse por él para mejorar su vida. Participar era fácil. Sólo tenían que descargar la aplicación y crear una cuenta, como "clavo" si se proponían completar un proyecto personal y como "flotador" si deseaban manifestar su apoyo.

Andrés Kim Seong-gon ya no era un hombre de mediana edad con barriga y hombros caídos. Era un hombre de éxito. Saldó todas sus deudas. Compró una casa nueva y un coche de lujo, hasta una Harley Davidson. La sonrisa no se borraba de su rostro y la vida para él ya no era agria, sino dulce.

Por las noches, acostado en la cama, Kim Seong-gon se preguntaba hasta cuándo duraría tanta felicidad con una tenue inseguridad en su interior. Sin embargo, ya no disponía de tiempo suficiente para plantearse aquellas preguntas porque su vida se aceleraba más de lo que podía soportar. Todo, absolutamente todo, a su alrededor cambió. Y la felicidad, que le parecía incluso irreal, empezó a convertirse en algo cotidiano, algo tan natural como el aire que respiraba. El dinero ya no era el medio para ser feliz o para mejorar la calidad de vida, sino unos números que aumentaban o disminuían en su cuenta bancaria, pero con ello fue multiplicándose el peso de la responsabilidad sobre sus hombros.

El mayor dilema de la vida es que nunca se queda estática, sino que está en constante movimiento y fluye sin objetivo ni dirección determinada. Por tanto, una respuesta que en un momento determinado era la correcta no podía ser aplicada a lo largo de toda la vida. Pues la única verdad que no variaba era que la vida continuaba y no admitía pausas.

En ese fluir de la vida, la buena suerte de Kim Seong-gon tampoco podía ser eterna. Y, lo mismo que se borra la silueta de Dios dibujada en las nubes con el viento, todo se desvaneció fútilmente.

El afortunado cambio que ocurrió en su vida era obra suya, pero tan repentino y grande como para soportarlo él solo. También había muchas personas que colaboraban con él. Contar con un hombre mucho más poderoso e influyente que él desde un comienzo fue conveniente a corto plazo, pero a la larga le trajo más problemas que satisfacciones. Lamentablemente, Kim Seong-gon no era tan sabio como para darse cuenta de que el impacto del golpe de suerte que recibió había dejado grietas en su ser y en su vida. Para percatarse de ello, era demasiado ingenuo o tonto. Así, como muchos, se desorientó embriagado por su nueva vida.

Kim Seong-gon, que iba a toda velocidad por una autopista, giró mal el volante en una curva y entró en un sendero no pavimentado. Como había piedras y baches, no podía acelerar. Apretó los dientes para aguantar esa sección llena de barreras y crisis porque creía que sería corta y que, al terminar, divisaría de nuevo una carretera recta y asfaltada. Al contrario de sus expectativas, lo que apareció al final fue un precipicio por el que cayó. Y, como siempre, el culpable de la mala suerte era el conductor, que no había sabido tomar las debidas precauciones.

Así, de la noche a la mañana, tan fácil como si pasara las páginas de un libro, el capítulo de éxito de Andrés Kim Seong-gon llegó a su final.

CUARTA PARTE

Apretón de manos

48

Y ahora tenemos a Andrés Kim Seong-gon dos años después de lo ocurrido. Está tumbado en el sofá viendo la televisión. Tiene la piel mal cuidada y el cabello grasiento. Aunque ríe ante las bufonadas del comediante del televisor, son risas vacías que se dispersan en el aire.

El Proyecto Clavo Ardiendo se mantiene, pero se ha vuelto totalmente comercial y ahora tiene otro nombre. Kim Seong-gon está desempleado. Se quedó sin trabajo apenas medio año después de ser nombrado máximo representante de ese proyecto.

Tras el lanzamiento oficial del Proyecto Clavo Ardiendo con sólidas inversiones y personal capacitado, Kim Seong-gon intuyó que algo no iba bien. Sintió como si estuviera bajando rápidamente por una escalera en espiral que se hacía cada vez más estrecha. Presintió que al llegar al fondo se quedaría completamente solo. Pero una parte de él quiso creer que eso no sucedería, aunque, ahora que lo piensa, no era más que un inútil autoconsuelo. Le fue imposible creer que aquello en lo que puso tanto esmero podía escapársele de las manos con tanta facilidad, por muy indescifrable e impredecible que fuera la vida.

Kim Seong-gon no era capaz de manejar un proyecto tan grande, tampoco de asumir todas las responsabilidades que ello implicaba. Aunque le adjudicaron el cargo de máximo representante porque la idea era suya y porque la gente lo adoraba como un nuevo héroe, tenía claras sus limitaciones y el mercado era más exigente de lo que imaginaba. Kim Seong-gon fue un títere, la cara que necesitaba el proyecto para llamar la atención.

La mayoría de los trabajadores que se incorporaron al personal de gestión del Proyecto Clavo Ardiendo eran profesionales que aspiraban a conseguir un puesto fijo en Nonet. Kim Seong-gon no entendía la jerga que usaban y los escuchaba hablar de él a sus espaldas en el baño. Mientras estaba en la oficina, el aire lo sofocaba. Y esa sensación se agudizó a medida que aumentaba el número de expertos que hacían su trabajo.

Independientemente de su situación, el proyecto prosperó. Sin embargo, un día propusieron cambiar el nombre del proyecto a Un Puñado de Clavos y darle un carácter más comercial. Seong-gon se opuso rotundamente. Entonces sucedió algo que todos menos él estaban esperando. Se desató una feroz discusión y alguien lo señaló, llamándolo "títere". Seong-gon, rabioso, abandonó violentamente la sala de reunión.

Trató de calmarse durante un rato y volvió a la sala, pero la reunión se había reanudado sin él. Quien le impidió entrar fue Gyu-pal, que apareció de repente.

—Te lo digo como amigo: creo que aquí ya no te necesitan.

Kim Seong-gon se quedó boquiabierto. Pero, por la voz serena del otro, dedujo que la decisión de dejarlo fuera no era reciente.

—Supongo que ya te lo imaginabas. Es evidente que no puedes manejar un negocio de esta magnitud.

—Esto está yendo hacia una dirección que nunca quise. Todo va a cambiar, hasta el sentido que vertebra el proyecto. ¡La idea surgió de mi propia vida! —gritó golpeándose el pecho y con los labios temblorosos.

Gyu-pal asintió con la cabeza, aunque claramente se le notaba que estaba harto de escucharlo.

—Entiendo tu postura y sé que la idea fue tuya. Pero ¿cuánto crees que vale esa idea? No creo que sea tan valiosa. ¿Quieres que sea sincero?

Detrás de la puerta, la reunión proseguía y Gyu-pal, que con un brazo le impedía entrar, era sin lugar a dudas la misma persona que el niño Jacobo que cobraba repartiendo el pan y el vino sacramentales de la iglesia.

—Todavía... —Seong-gon respiró agitadamente—. ¿Todavía piensas que la única ley que mueve el mundo es la del mercado? ¿Que todo se puede comprar y vender?

Gyu-pal levantó las cejas.

—Básicamente, sí —contestó.

En ese momento, Seong-gon se dio cuenta de qué le hacía pensar que, pese a parecer tan diferente, Gyu-pal no había cambiado en nada. Y, como esa vez cuando eran niños, tuvo que resignarse.

Tras varios días de firmas y negociaciones, Kim Seong-gon abandonó el edificio de Nonet. Firmó documentos que, con criterios racionales, establecían las condiciones de su salida del proyecto.

Y en ese proceso se sintió realmente derrotado. Una vez fuera del edificio, se dio la vuelta. Ahí estaba, un rascacielos imponente erigido como un muro de hierro al que jamás volvería a entrar.

Se acordó de Glenn Gould, que le dijo que quería ser su amigo. De ese empresario que estaba en constante búsqueda de innovadoras ideas de negocios e iniciaba nuevos proyectos, como si quisiera convertir el mundo en su patio de recreo. De él, que se refería como "amigo" a todos sus socios.

En el despiadado mundo de los negocios, Seong-gon fue un divertido juguete. Pero tenía fecha de caducidad y por eso lo desecharon.

49

Pensar que todo está arruinado hace que las personas se resignen.

"Estás acabado. Es demasiado tarde. Ya no eres un jovencito y tus esfuerzos han fracasado." Todo esto le decía una voz interior, que había vivido mal su vida.

Estaba harto. Le hastiaba vivir así porque, por mucho que lo intentara, nada mejoraba. ¿Qué conseguía uno al final por aguantar las desgracias y las vicisitudes? ¿Dinero para gastar hasta cansarse y quedar solo en la vejez? Se le escapó una risa cínica porque a esas alturas no estaba seguro de si la vida lo dejaría tranquilo hasta envejecer en paz.

Sin más esperanzas, Kim Seong-gon concluyó que, si la vida es tan maliciosa y cruel, era mejor no desafiarla para vivir como se le antojara, sin sufrir tanto, durante el tiempo que le quedaba.

Así, a este hombre, que se desmoronaba poco a poco inmerso en un implacable negativismo, la vida le daba una orden clara y simple. Le susurraba que tenía razón. Que, por tanto, volvería a ser como era antes, a como era originalmente.

Al final hizo caso.

50

Kim Seong-gon no salió de casa durante meses. Primero, se negó a hablar. Luego, estaba de mal humor todo el tiempo. Por último, agredía a las personas de su entorno verbalmente y también con el gesto. Hasta malinterpretaba la paciencia de Ran-hee como una histeria silenciosa que contenía esperando a que explotara. Eso lo atormentaba aún más. Ni él sabía lo que quería. Estaba metido en su propia cueva sin permitir el acceso a nadie, pero ansiaba que alguien se interesara en él. Lo más irónico era que, cuando otras personas se asomaban preocupadas, explotaba como si se lanzara un encendedor a un bidón de petróleo.

Un día, Ran-hee, que había perdido la paciencia, le dirigió la palabra y eso hizo de su cueva un infierno. Seong-gon no recordaba bien qué le contestó cuando su mujer le preguntó que hasta cuándo estaría así y confesó que ella también sufría viéndolo en ese estado. Sólo que le dijo cosas que nunca debería haber pronunciado, de una manera inaceptable. Pasado el momento de ira incontrolable, la encontró temblando y llorando a lágrima viva.

—No cambias y no cambiarás nunca. Creíste que habías cambiado; sin embargo, sólo fingías engañándote a ti y a los demás.

Ran-hee respiró hondo y Seong-gon no la escuchó hasta el final. Sabía que, si pedía perdón, si admitía que había cometido un error y se disculpaba, su mujer lo perdonaría. Sabía que, si reflexionaba y volvía a intentarlo, podría cambiar en algo su situación. Pero no lo hizo. Y esa decisión también la tomó por voluntad propia.

Estaba determinado a actuar según su temperamento y no considerar nada más. De ninguna manera iba a doblegarse. Tampoco quería decir que se arrepentía. No deseaba someterse a lo que le exigía el mundo, y mucho menos a actuar de forma sumisa en su hogar. Pensaba que Ran-hee lo forzaba a comportarse así.

—Sal. Déjame en paz —gritó maldiciendo la vida.

En ese momento, su mirada se cruzó con la de su hija, que ya no era una niña, sino una jovencita de diecisiete años con quien hacía apenas dos años en ese mismo espacio se había abrazado derramando lágrimas de felicidad.

Sentimientos inexplicables brotaron en su corazón, así como una tristeza inmensa. Sin embargo, la expresión en su cara seguía igual. Estaba cansado y eso era lo único que le importaba.

La casa quedó vacía. Y él, solo en la sala apagada. Transcurrieron varios días así. Nadie le llamó ni preguntó por él.

51

Lo que aprendió a lo largo de sus últimas experiencias era que la vida era misteriosa y estática.

Si la buena suerte se asomaba a la vida de uno como un repentino accidente y lo embriagaba, enseguida aparecía la desgracia. Si alguien lo consolaba y lo elogiaba por su esfuerzo por vivir, otro venía que lo empujaba por un barranco para someterlo a un mayor estrés y ver si era capaz de superar las barreras de la vida.

Mientras pasaban los días y las noches, Seong-gon se acordó de Jin-seok, a quien no veía desde hacía más de un año. El primer sencillo de su banda acaparó el interés del público, pero ese interés fue efímero. Por razones que desconocía, la banda se disolvió y la gente no era tan cálida con Jin-seok cuando abrió un nuevo canal de YouTube. Él no había hecho nada malo. El problema era que no era lo suficientemente atractivo como para no provocar el hastío de la gente. En vez de mensajes positivos, recibía comentarios maliciosos que lo insultaban y le decían que se fuera al infierno.

En el último video que subió, Jin-seok anunciaba que durante un tiempo cerraría su canal. Confesaba con cara flácida y ensombrecida que los ataques verbales lo habían traumatizado. Tenía la misma expresión de cuando trabajaba en la pizzería y era víctima de *bullying* laboral.

Kim Seong-gon sintió un sabor amargo mientras preguntas sin respuesta flotaban en su cabeza: ¿por qué la vida es así?, ¿por qué nada cambia?, ¿por qué todo vuelve a ser como era y el esfuerzo de cambiar se convierte en inútil?, ¿por qué todo acaba en un fracaso?

Quizá la respuesta a estas preguntas estaba en lo último que dijo Ran-hee:

—¿Sabes? Lo más difícil es mantener una actitud digna en la peor de las situaciones. Yo creí que lo habías logrado, por eso te apoyé. Pensé que realmente habías cambiado. Pero ahora me doy cuenta de que estabas sumido en tu propia vanidad. Estabas tan ocupado vanagloriándote de que podías cambiar que te engañaste a ti mismo y me engañaste a mí. Bueno, yo opté por creer lo que quería creer. Cualquiera puede ser una persona grandiosa cuando la vida lo trata bien. Tú, en cuanto la situación se complicó y las cosas iban mal, volviste a ser como eras antes. Ésa es la prueba más clara de que nunca llegaste a cambiar de verdad. Eres y serás siempre el mismo.

No tenía palabras para contradecirla. Además, estaba solo, en un espacio desolado, con un agujero en el corazón. De vuelta a donde comenzó, entre la desgracia y la mala suerte.

Un silencio abrumador lo envolvía como si estuviera en altamar después de una tormenta. En esa calma perturbadora, se levantó para verificar algo y ponerlo en práctica.

En la calle, la gente caminaba a pasos apresurados. Todo era igual que antes: el ruido, las risas, hasta el sol ardiente. Deambulando, Kim Seong-gon analizó los esfuerzos que llevó a cabo con insistencia durante un largo tiempo y sintió lástima de sí mismo por hacer el intento tan estúpido de enfrentarse al mundo creyendo ingenuamente que cambios cotidianos podrían mejorar el rumbo de su vida.

El sol se puso y rápidamente llegó la noche. Andrés Kim Seong-gon estaba en la estación de Seúl. Lo que quería comprobar estaba ahí. Le eran familiares el vacío y el aire desolado que llenaba ese espacio. Como muñecos bien ordenados en un estante, todo estaba en su lugar, incluso los indigentes, los transeúntes solitarios y el televisor que daba las noticias de la noche. Todo estaba en su lugar sin hacer ningún esfuerzo.

En donde quiera había siempre una u otra persona que rompía el marco e intentaba pasar a otro mundo u otra dimensión. Kim Seong-gon fue durante un breve periodo una de esas personas. Pero en ese grupo no duró mucho y ahora estaba de vuelta en el lugar que le correspondía. Por mucho que desafiara el orden del universo, quien fracasaba en superar la misteriosa fuerza que a cada rato lo engullía hacia el punto donde partió salía perdiendo. En este sentido, Kim Seong-gon era un perdedor y no le servía de consuelo el hecho de que la mayoría de los seres humanos era como él, porque los esfuerzos que hizo durante tanto tiempo eran justamente para no ser uno del montón.

Consciente de ello, Kim Seong-gon miró a su alrededor con ojos hundidos. Cerca de él había un indigente con una botella de soju y la pantalla del televisor mostraba en primer plano la cara de alguien. Esa escena, idéntica a la que vio varios años atrás, lo despertó. Se dirigió entonces al lugar a donde debió ir antes de cometer tantas estupideces.

De nuevo, Andrés Kim Seong-gon estaba en el puente del río. Donde comenzó esta historia. Estaba ebrio y el mundo se movía como las sutiles olas que formaban sus aguas. Pensándolo bien, la desesperación que sentía no era como olas, sino, más bien como un lago tranquilo.

Caminando por el puente, se percató de algo: la barrera contra los suicidios era más alta que hacía dos años. Morir era más difícil ahora. Por eso bajó a la orilla. No había nadie. Caminó lentamente hacia el agua, hacia zonas más profundas, hasta que sus pies flotaron. El agua penetró en su ropa, en su nariz y en su boca, para comenzar a llenar todo su organismo. El agua sabía a mierda y era la última sensación perfecta antes de morir.

52

La vida no lo dejaba ni siquiera morir libremente.

Cuando se despertó, Kim Seong-gon estaba en el hospital. La policía le explicó que unos pescadores lo vieron meterse en el agua y que uno de ellos lo salvó. Pero no había manera de saber quién había sido porque, después de llegar la ambulancia y la policía y comprobar que estaba a salvo, aquellos hombres desaparecieron. Las enfermeras le informaron que su mujer y su hija lo habían visitado, verificaron que estaba bien y se fueron.

Kim Seong-gon pensó, mirando al techo, que debió planearlo mejor. Tal vez habría tenido éxito si se hubiera tirado de la azotea de un edificio o tragado un puñado de somníferos. Su error fue optar por lanzarse al río para no causar molestias después de morir, cargando a otros con la tarea de recoger su cadáver y de enterrarlo o incinerarlo. ¿Con qué propósito el mundo lo hacía endeudarse más y más?

Al salir del hospital, se quedó parado en mitad de la calle mirando el vacío. No tenía ni la más mínima idea de hacia dónde ir. Anduvo desorientado por aquí y por allá durante varias horas hasta que decidió ir al barrio donde solía trabajar como repartidor. Como un peregrino, recorrió las calles por las que se paseaba con su bicicleta y terminó, sin darse cuenta, enfrente del edificio de la academia de inglés donde trabajaba Park Sil-young.

Como de costumbre, frente al edificio estaban estacionados varios minibuses de color amarillo. No sabía qué buscaba, pero no se movió de ahí. Si nada cambiaba en este mundo, lo que él perseguía debía estar en ese lugar, aunque tenía un mal presentimiento. Le resultaba imposible quitarse de la cabeza la idea de que lo que deseaba que cambiara permanecía igual, mientras que desaparecía lo que anhelaba que permaneciera intacto. Al menos, eso fue lo que le enseñó la vida durante cinco décadas. Pensar en eso lo sumió en una profunda soledad y tristeza.

Justo en ese momento, un minibús de color amarillo giró y frenó suavemente enfrente de él. Detrás de un grupo de niños que bajaba con prisa, vio una cara conocida. Era Park Sil-young. Emocionado, se le acercó.

—¿Se acuerda de mí?

El hombre lo miró con ojos entrecerrados y sonrió.

—Sí, me acuerdo de usted. Cuánto tiempo. ¿Cómo está?

—¿Cómo me ve? ¿Muy cambiado?

—Bueno, lo veo igual —dijo el hombre con su voz serena de siempre y un rostro que parecía haber esquivado todo el dolor de este mundo.

Su voz lo tranquilizó. Parecía estar en una zona segura y empezó a hablar sin coherencia.

—Ni yo entiendo por qué le estoy hablando, pero ¿sabe? No encuentro razón alguna para seguir viviendo. Me esforcé mucho por mejorar, pero no sirvió de nada.

—En la vida hay momentos buenos y malos. No se aflija

tanto —dijo Park Sil-young sin dar mucha importancia a lo que decía, limpiando con un trapo el minibús.

Kim Seong-gon protestó.

—Estoy totalmente arruinado. No sé qué hacer. No tengo objetivos y no sé por qué debo vivir.

—Es natural que piense así —dijo el hombre—. Eso le ocurre a cualquier ser humano que abandona el vientre de su madre después de estar allí durante meses y llega a este mundo desnudo, con las manos vacías. La soledad y la angustia son algo innato. Y es obvio que no sepamos cómo vivir. Nos aferramos a cualquier cosa para sobrevivir. Si tenemos suerte, eso que agarramos puede llevarnos por caminos prósperos. A veces sabemos que tenemos en las manos algo que nos daña y, aun así, no podemos deshacernos de ello. Y si otro nos lo quita, nos ponemos nerviosos y lloramos como niños. Porque no tener nada a lo cual agarrarse o en qué apoyarse da miedo. Pero la vida es así para todos.

Seong-gon no encontraba las palabras adecuadas para contestarle, por eso se quedó mirando al hombre. Entonces éste le preguntó:

—Yo también tengo una pregunta. ¿Cómo imagina que ha sido mi vida? ¿Una de éxitos? ¿De fracasos? En realidad, no tenía idea de cómo sería. Por eso dijo sólo lo que sabía o lo que notaba en ella.

—No sé. Lo único que le puedo decir es que me parece que siempre está satisfecho.

—Tiene razón. Estoy muy satisfecho con mi vida. Pero ¿esta satisfacción será un premio que la vida me ha dado sin nada a cambio o es el resultado de algo? A lo largo de mi vida he atravesado por muchas situaciones duras. Durante mucho tiempo viví experiencias inimaginablemente espectaculares, horrorosamente feas y hermosamente estremecedoras. En este proceso reaccioné a cada acontecimiento con todas mis energías, sintiéndome un día en el cielo y otro día en el infierno. Es decir, viví de una manera no muy diferente a la de usted. Y ahora estoy aquí, así, como me ve.

No podía explicar por qué, pero Seong-gon tenía los ojos enrojecidos. Por fin empezaba a entender cuál era su secreto de asumir y aceptar la vida. De repente, le vino a la cabeza la imagen de ese hombre tratando de construir un túnel de plástico para que los niños no se mojaran con la lluvia y sonriendo ya empapado en una esquina donde podía esquivar el aguacero.

Park Sil-young no se enemistaba con la vida. Tampoco se rendía a ella. Cuando tenía que desafiarla, lo hacía con valentía. Y cuando no había necesidad de luchar contra ella, contemplaba la belleza de la vida como un niño ingenuo. Kim Seong-gon no podía imaginar lo que tendría que pasar para alcanzar una paz inquebrantable como la de aquel hombre.

—Puedo notar que usted también ha tenido una buena vida.

—Qué va. Estoy arruinado —se quejó Kim Seong-gon sonándose la nariz.

—De eso no cabe duda. De lo contrario, no estaría aquí, preguntando a un desconocido acerca de cómo vivir —el hombre rio—. Pero ¿de verdad sólo ve ruinas en su vida?

—¿Cómo?

—Que si realmente su vida está arruinada por completo —dijo Park Sil-young mirando de cerca la cara de Seong-gon—. Fíjese bien en lo que ha vivido hasta ahora. Nadie vive una vida sólo de fracasos. Así que puede que no esté totalmente arruinado.

El hombre se echó hacia atrás para observarlo más detenidamente y continuó:

—Yo creo que usted no se equivocó del todo. No muchos se esmeran en descifrar los misterios de la vida con tanta insistencia. Bien por usted. Muy bien hecho.

Park Sil-young tomó la mano de Seong-gon y le dio varias palmadas en la espalda. Sus manos ásperas y fuertes presionaron su espalda con firmeza, cubriéndola cálidamente como una manta de lana y acariciando con suavidad sus heridas.

"Bien por usted. Muy bien hecho." Las palabras de aquel hombre enternecieron su corazón, pero Seong-gon estaba en desacuerdo con él porque no vivió bien. Había cometido muchos errores y se portó mal con gente que lo quería y se preocupaba por él. Aun así, el hombre lo elogiaba. Eso lo conmovió profundamente. Se sintió agradecido y avergonzado a la vez, tanto que no pudo contener las lágrimas.

Algunas personas que pasaban por la calle los miraban con extrañeza. Kim Seong-gon no se escondió. Es más, agradeció que lo miraran de esa manera.

"Bien por usted. Muy bien hecho." Estas frases resonaban en su interior y tuvo el fuerte impulso de repetirlas, decírselas a otra persona. Pensó que no estaría mal vivir para eso.

A veces lo que sostiene la vida son pequeñeces, cosas o detalles que la gente considera insignificantes.

Kim Seong-gon agachó la cabeza humildemente ante los enigmas de la existencia. Y, al levantarla, decidió estrechar las manos a la vida, sin retarla o renunciar a ella.

53

—Ya estás aquí.

—¡Ha pasado tanto tiempo!

—Pareces cansado.

—Me veo mayor. Ya se me notan los años. Usted está igualito.

—Te has hecho más sociable. Yo soy viejo o, peor, desgastado.

—Bueno, sé que al reencontrarme con alguien después de mucho tiempo lo prudente es empezar con un cumplido.

—¿Por qué es tan difícil contactar contigo?

—He pasado por un periodo de depresión complicado. Puede imaginar a un caracol metido en su concha.

—Yo he estado igual. Pero, aun en esos momentos de encierro voluntario, he pensado en ti. Sobre todo después de conseguir un lugar donde quedarme.

—Por eso me ha llamado, ¿no?

—Sí. ¿Qué me dices?

—He venido para pensarlo seriamente. El espacio es amplio. Es casi el doble de grande que el antiguo apartamento.

—Me dijeron que antes usaron este espacio como almacén. Lo alquilé sin vacilar porque necesitaba un lugar para desarrollar mis ideas, para hacer algo. Aún me quedaba algo de dinero en el banco y con eso pagué el alquiler. Ya firmado el contrato, pensé en ti y en cuán buenos compañeros de apartamento fuimos. Como en aquel tiempo, podrías venir de vez en cuando para refrescar la mente.

—¿No estábamos arruinados los dos?

—Sí. Por eso hay que empezar de nuevo, aunque no sé por dónde.

—Usted mismo dijo que había que empezar justo desde donde uno estaba.

—¿Y qué vas a hacer?

—A-A-A. Aquí el sonido se escucha superbién. Hay eco y todo.

—¿No me oyes? ¿Qué piensas hacer?

—A-A-A. Haga como yo. Es increíble cómo se escucha.

—A-A-A. Guau. Cómo resuena...

—¡Demonios! ¡A la mierda!

—No grites.

—¡Qué puta vida!

—Basta.

—Haré un nuevo intento, pero esta vez tiene que darme algo a cambio, aunque sea un eco.

—¿Cómo te has aguantado durante todo este tiempo las ganas de hablar? Tu silencio selectivo podría ser un interesante tema de investigación científica.

—Perdón. Con usted se activa mi instinto charlatán.

—Entonces, quedamos así. Compartiremos el apartamento como lo hicimos antes. Y las condiciones las dejamos por escrito, ¿de acuerdo?

—Esta vez le pagaré algo por usar su espacio. Así me siento menos incómodo. A cambio, me puede invitar a comer de vez en cuando. Respetaré el horario pactado, pero quizá no retire mis cosas si me pide sin previo aviso que deje de venir.

—Está bien.

—¡Ah! Me preguntaba qué pensaba hacer, ¿no?

—Sí.

—Bueno, pienso hacer lo que me dijo.

—¿Lo que te dije?

—Empezar de nuevo justo desde donde estoy. Hacer lo que pueda.

—¿Eso te dije? No me acuerdo.

—No se preocupe, que yo lo tengo memorizado.

—Pero realmente no sé por dónde empezar.

—¿Qué tal si comemos primero?

—No me parece una buena idea. No es una propuesta constructiva. Mejor miremos el paisaje por la ventana.

—Se ve muy bien desde aquí el movimiento de la gente. Nada nuevo, pero muy interesante si observamos con detenimiento.

—Tienes razón.

—Dentro, nuestras voces hacen eco y, fuera, el mundo se mueve.

—Parece la letra de una canción.

—¿Sí? Dentro hay eco y fuera el mundo se mueve. Dentro... Eco...

—¿Ya te has puesto a componer? Te lo he dicho, jamás podrás renunciar a la música.

—No. Ya estoy harto.

—Pero ¿por qué te ríes?

—Usted también.

—¿Me he reído?

—Sí.

241

—Te ves mucho mejor riendo, Jin-seok.

—Usted también.

La vida de alguien

Nadie sabe cómo transcurrió la vida de Andrés Kim Seong-gon después. Seguramente estará viviendo entre la multitud a su manera, aunque también puede haber ocurrido algo así: descubres una pequeña florería de pura casualidad, caminando por la calle. Entras y la florista, muy amable, te saluda sonriente. No puedes imaginar que ella, que tiene una sonrisa tan hermosa como un girasol, estaba metida en su habitación sin atreverse a salir hasta apenas hace unos años.

Un hombre de mediana edad, con cabello algo canoso, señala un pequeño ramo de flores y una maceta de siemprevivas. Pide a la florista que los adorne con unas cintas porque piensa regalárselo a su mujer y a su hija, a la primera por el aniversario de boda y a la última porque está a punto de cumplir la mayoría de edad. Ella se niega a cobrarle. Es que se trata de la persona que la ayudó a salir de su oscura habitación. Pero el hombre insiste y paga las flores.

Mientras la florista pone las cintas al ramo de flores y a la maceta, el hombre examina la tienda lentamente. Hay flores aún sin florecer y otras que ya tienen los pétalos abiertos mientras que algunas ya empiezan a marchitarse. A todas las mira igual, con la misma mirada cariñosa, e inhala como si quisiera recordar para siempre tanto sus colores como su fragancia.

Indeciso sobre qué flor comprar, chocas contra el hombre. Éste se disculpa con una ligera reverencia y se aparta para dejarte pasar. De la misma manera, tú actúas con cortesía y le muestras una sonrisa amable. El choque no le parece un incidente desagradable.

Ignoras que el hombre ha llegado a donde está en ese momento tras atravesar una vida complicada e incoherente, entre fracasos y éxitos. Tampoco estás al tanto de sus varios intentos fallidos de suicidio, después de los cuales decidió no extender la mano a la muerte nunca más. No hay manera de que sepas que tiene una amiga que aprendió a conducir bastante tarde y que con su licencia nueva cruzó el continente americano en coche. También un amigo músico joven y talentoso. Y jamás te enterarás de que en su interior sigue cultivando planes y sueños, ni de que se esfuerza incesantemente por ponerlos en práctica.

En realidad, ya te topaste una vez con ese hombre, pero no lo recuerdas.

Lo que sí que hay que reconocer es que tiene la espalda recta y los ojos brillantes. Que, pese a los muchos golpes que ha recibido en la vida y después de haber caído hasta lo más bajo, un alma sabia y pura ahora se refleja en su rostro. Que es una persona con una cara totalmente diferente de cuando comenzó esta historia.

NOTAS DE LA AUTORA

Esta historia tuvo un comienzo diferente respecto a mis otras novelas. Para ser sincera, ésta es la primera narración que he escrito por encargo.

En la época en la que le daba vueltas a la cabeza para escribir una nueva novela, estaba bajo una fuerte presión debido a mi deseo constante de escribir y también a las obligaciones que tenía como escritora. Tenía muchas ideas, pero ninguna me atraía.

Una noche, haciendo búsquedas en internet (ahora ni recuerdo sobre qué), encontré unas líneas que llamaron mi atención en la sección de preguntas y respuestas de un portal. No me acuerdo exactamente del contenido, pero quien las escribió pedía que alguien le recomendara historias de personas fracasadas que alcanzan de nuevo el éxito porque en ese momento necesitaba escuchar algo así. Entre líneas leí su desesperación. Lamentablemente, debajo de su solicitud no había comentario o recomendación alguna. Entonces decidí escribir una historia para esa persona. Una historia que, como pedía, hablara de un personaje que resurge del fracaso por voluntad propia. Poco después, de la manera más natural,

Andrés Kim Seong-gon emergió desde lo más profundo hacia la superficie.

En mi vida hubo también periodos en los que sentí que todo se hundía y que el dolor no hacía más que crecer. En esa situación me salvó el consuelo de gente cercana. Sin embargo, eso no me llenó por completo. Me reconfortaba sólo durante un rato. Las frases como "todo saldrá bien", "es suficiente" o "está bien así" sólo calmaban mis lágrimas, eso era todo. Se desvanecían en el aire después de un tiempo. Lo que me motivó realmente a ponerme de pie y a volver a caminar por mi cuenta fueron las voces más serenas de terceros o la mía propia que provenía de mi interior alentándome a intentarlo de nuevo, a que no me rindiera.

Ese apoyo solidario convertía hasta el más insignificante de mis esfuerzos en algo importante y yo adquiría la confianza necesaria para salir adelante tantas veces como me cayera. Cuando atravesaba tiempos de desesperación, imaginaba el futuro pensando que, entonces sí, podría reírme de las dificultades pasadas. Trataba de convencerme de que, al final de todo, una sería capaz de resumir lo sufrido en una sola frase, como "qué duros tiempos vivimos", y reír. Si para ti que estás leyendo estas notas hoy ha sido un día agobiante, te quiero decir que también tu presente, por muy difícil que sea, lo podrás recordar en el futuro con una sonrisa.

Por supuesto, uno puede sumergirse de nuevo en la profundidad después de lograr todo lo que se proponía. Porque no hay nadie capaz de mantenerse a flote sin ningún esfuerzo en el mar y si hay una palabra que describa su vida no será *felicidad*, sino *impotencia* y *aburrimiento*. El mundo en que vivimos no es una piscina cerrada, sino el mar donde se levantan olas y llegan tormentas. Por eso no es raro encontrarnos con vientos salvajes que debemos superar, cada cual a su propia manera y con su propia sabiduría.

Un conocido que leyó por primera vez esta historia me dijo que Kim Seong-gon tenía un poder sobrenatural y que este poder se manifestaba en su espíritu que nunca se rinde y hace el intento de mejorar una y otra vez. Yo creo que todos tenemos un poder así. Al fin y al cabo, cada persona debe ponerse de pie por sí sola. En este sentido, cualquier esfuerzo es hermoso y valioso, siempre y cuando no perjudique a otros.

Quiero aplaudir, aunque sea de lejos, a todas las almas que se niegan a conformarse y se esfuerzan cada día. Y, por primera vez, quiero dirigir la palabra a mis lectores a través de estas notas para decirles: los apoyo, estoy con ustedes.

WON-PYUNG SOHN,
julio de 2022

ÍNDICE

ÍNDICE

Esta obra se imprimió y encuadernó
en el mes de febrero de 2024, en los talleres
de Impregráfica Digital, S.A. de C.V.
Av. Coyoacán 100-D, Col. Del Valle Norte,
C.P. 03103, Benito Juárez, Ciudad de México.